人生是什么？
人生的真相如何？
人生的意义何在？
人生的目的是何？
——宗白华

美而从容

宗白华 著

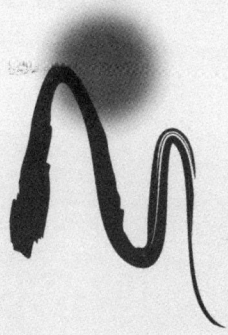

重慶出版集團 重慶出版社

图书在版编目(CIP)数据

美而从容 / 宗白华著. — 重庆：重庆出版社，2021.2
ISBN 978-7-229-15364-9

Ⅰ.①美… Ⅱ.①宗… Ⅲ.①随笔—作品集—中国—当代 Ⅳ.①I267.1

中国版本图书馆CIP数据核字（2020）第205907号

美而从容
MEI ER CONGRONG

宗白华 著

责任编辑：陶志宏 张 蕊
策　　划：白 翎 玉 儿
责任校对：刘 艳
装帧设计：章敏敏

重庆出版集团
重庆出版社 出版

重庆市南岸区南滨路162号1幢 邮政编码：400061 http://www.cqph.com
小渔工作室制版
天津行知印刷有限公司印刷
重庆出版集团图书发行有限公司发行
E-MAIL:fxchu@cqph.com　邮购电话：023-61520646
全国新华书店经销

开本：880mm×1230mm　1/32　印张：9　字数：190千
2021年2月第1版　2021年2月第1次印刷
ISBN 978-7-229-15364-9
定价：42.00元

如有印装质量问题，请向本集团图书发行有限公司调换：023-61520678

版权所有　侵权必究

目录

美的生活

怎样使我们生活丰富？ ...3
青年烦闷的解救法 ...8
新人生观问题的我见 ...14
中国的学问家——沟通—调和 ...21
学者的态度和精神 ...25
悲剧的与幽默的人生态度 ...27
我和诗 ...31
我和艺术 ...41
流云小诗七首 ...44

美的启示

看了罗丹雕刻以后 ...51
歌德之人生启示 ...61
歌德的《少年维特之烦恼》...94
席勒的人文思想 ...108
莎士比亚的艺术 ...111
我所爱于莎士比亚的 ...116
荷马史诗中突罗亚城的发现者希里曼对中国长城的惊赞 ...120
文艺复兴的美学思想 ...129
德国唯理主义的美学 ...139
中西戏剧比较及其他 ...149

美的哲学

哲学与艺术——希腊大哲学家的艺术理论 ...155

论中西画法的渊源与基础 ...169

昙花一现 ...190

凤凰山读画记 ...193

团山堡读画记 ...196

与宣夫谈画 ...200

论《游春图》...203

关于山水诗画的点滴感想 ...205

漫话中国美学 ...209

徐悲鸿与中国绘画 ...213

美的艺术

常人欣赏文艺的形式 ...221
论文艺的空灵与充实 ...228
略论文艺与象征 ...238
艺术与中国社会 ...242
美学的散步（一）...248
略谈艺术的"价值结构" ...263
美学与艺术略谈 ...268
戏曲在文艺上的地位 ...274
清谈与析理 ...277

美的生活

怎样使我们生活丰富？

要解决这个问题，首先要问：究竟什么叫作生活？

生活这个现象，可以从两方面观察。就着客观的——生物学的——地位看来，生活就是一个有机体同他的环境发生的种种的关系。就着主观的——心理学的——地位看来，生活就是我们对外经验和对内经验总全的名称。

我这篇短论的题目，是问怎样使我们的生活丰富，换言之，就是立于主观的地位，研究怎样可以创造一种丰富的生活。那么，我对于"生活"二字认定的解释，就是"生活"等于"人生经验的全体"。

生活即是经验，生活丰富即是经验丰富，这是我这篇内简括扼要的答案。但是，诸位不要误会经验是一种消极被动的容纳，要知道，经验是一种积极的创造行为，然后，才知道我们具有使生活丰富、经验丰富的可能性。我们能用主观的方法，使我们的生活尽量的丰富、优美、愉快、有价值。

我们怎样使生活丰富呢？我分析我们生活的内容为"对外的经验"，即是对于自然与社会的观察、了解、思维、记忆；与"对内的经验"，即是思想、情绪、意志、行为。我们要想使生活丰富，也就是在这两方面着手：一方面增加我们对外经验的能力，使我们的观察研究的对象增加，一方面扩充我们在内经验的质量，使我们思想情绪的范围丰富。请听我详细说来。

我们闲居无事的时候，独往独来，或是走到自然中，看着闲云流水、野草寒花，或跑到闹市里观看社会情状，人事纷纭，在这个时候，最容易看出我们自己思想智慧的程度的高下。因为，一个思想丰富的人，他见着这极平常普通的现象，触处可以发挥他的思想，触动他的情绪，很觉得意趣浓深，灵活机动，丝毫不觉得寂寞。我记得德国诗人海涅（Heine）到了伦敦，有一天，走到一个街角上站了片刻，看见市声人海中的万种变相，就说道："我想，要使一个哲学家来到此地站立了一天，一定比他读尽古来希腊哲学书还有价值。因为，他直接地观察了人生，观察了世界。"他这几句话真可以表示他的思想丰富、生活丰富，随处可以发生无尽的观念感想，绝不会再有寂寞无聊的感觉。而一般普通常人听了他这话,大半是不甚了解,因为他们自己设若有了十分钟的幽闲无事,一定就会发生无聊烦闷的状态,不知怎样才好,要不是长夏静睡,就要去寻伴谈心了。由此可以看出,我们的生活丰富不丰富,全在我们对于生活的处置如何,不在环境的寂寞不寂寞。我们对于一种寂寞的、单调的环境,要有方法使它变成复杂的、丰富的对象。这种方法,怎么样呢?我现在把我自己向来的经验,对诸君说说,看以为如何。

我向来闲的时候就随意地走到自然中或社会中,随意地选择一种对象,作以下的几种观察:

(一)艺术的;(二)人生的;(三)社会的;(四)科学的;(五)哲学的。

先说一个例。

我有一次黄昏的时候,走到街头一家铁匠门首站着。看见那黑漆漆的茅店中,一堆火光耀耀,映着一个工作的铁匠,红光射在他半边的臂上、身上、面上,映衬着那后面一片的黑暗,非常鲜明。那铁匠举着他极健全丰满的腕臂,取了一个极适当协和的姿势,击着那透红的铁块,火光四射,我看着心里就想道:这不是一幅极好的荷兰画家的画稿?我心里充满了艺术的思想,站着看着,不忍走了。心中又渐渐地转想到人生问题,心想人生最健全最真实的快乐，就是一个有定的工作。我们得了它有一定的工作，然后才得身心泰然，从劳动中寻健全的乐趣，从工作中得人生的价值。社会中实真的支柱，也就是这班各尽所能的劳动家。将来社会的进化，还是靠这班真正工作的社会分子，决不是由于那些高等阶级的高等游民。我想到此地，则是从人生问题，又转到社会问题了。后来我又联想到生物学中的生存竞争说，又想到叔本华的生存意志的人生观与宇宙观，黄昏片刻之间，对于社会人生的片段，作了许多有趣的观察，胸中充满了乐意，慢慢地走回家中，细细地玩味我这丰富生活的一段。

以上是我现身说法，报告诸君丰富生活的方法。诸君自由运用，可以使人生最小的一段，化成三四倍的内容，乃不致因闲暇而无聊，因无聊而堕落，因堕落而痛苦了。

但这还不是我所说对外经验丰富的方法。这还是静观的、消极的、偏于艺术的方法。这不过是把我们一种的对外经验、一个自然界的对象，作多方面的玩味观察，把一个单调的、平常的环境，化成一个复杂的、丰富的对象，使它表现多方面——艺术，人生，社会，科学，哲学——的境象。用一个比譬说来，就是我们使我们的"心"成了一个多方面的折光的镜子，照着那简单的物件，变成多方面的形态色彩。这已经可以使我们生活丰富不少。但我们还要使我们"在内经验"也扩充丰富，使我们的感情意志方面也不寂寞，这有什么方法呢？这个实在很简单。我们情绪意志的表现是在"行为"中，我们只要积极地奋勇地行为，投身入于生命的波浪，世界的潮流，一叶扁舟，莫知所属，尝遍着各色情绪细微的弦音，经历着一切意志汹涌的变态。那时，我们的生活内容丰富无比。再在这个丰富的生命的泉中，从理性方面发挥出思想学术，从情绪方面发挥出诗歌、艺术，从意志方面发挥出事业行为，这不是我们所理想的最高的人格么？

所以，我们要丰富我们的生活，并不是娱乐主义、个人主义，乃是求人格的尽量发挥、自我的充分表现，以促进人类人格上的进化。诸君也有这个意思么？

原刊 1920 年 3 月 21 日《时事新报·学灯》

青年烦闷的解救法

　　△唯美的眼光
　　△研究的态度
　　△积极的工作

　　现在中国有许多的青年，实处于一种很可注意的状态，就是对于旧学术、旧思想、旧信条都已失去了信仰，而新学术、新思想、新信条还没有获着，心界中突然产生了一种空虚，思想情绪没有着落，行为举措没有标准，搔首踯躅，不知怎么才好，这就是普通所谓"青年的烦闷"。

　　这种青年烦闷的状态，以及由此状态产生的现象，如一方面对于一切怀疑，力求破坏。他方面，又对于一切武断，急求建设。思想没有定着，感情易于摇动，以及自杀逃走等等的事实，这本是向来"黎明运动"所常附带的现象，将来自然会趋于稳健创造的一途，为中国文化开一新纪元，就着过去历史上看来，本是很可喜的现象。但是，我们自己既遇着这种时期，陷入这种状态，就不得不自谋解救的方法，以求早入稳健创造的境地。

这解救的方法，本也不少。譬如建立新人生观、新信条等类。但这都还嫌纡远了一点。须有科学哲学的精神研究，不是一时可以普遍的。我们现在须要筹出几种"具体的方法"，将这方法传播给烦闷的青年，待他们自己应用这种方法去解救他们的苦闷。我现在本着我一时的观察，想了几条方法，写出来引动大众的讨论，希望还得着更周密完备的计划，以解决这青年烦闷的问题，则中国解放运动的前途，可以免了许多的危险和牺牲了。

（一）唯美的眼光

唯美的眼光，就是我们把世界上社会上各种现象，无论美的、丑的、可恶的、龌龊的、伟丽的自然生活，以及鄙俗的社会生活，都把它当作一种艺术品看待——艺术品中本有表写丑恶的现象的——因为我们观览一个艺术品的时候，小己的哀乐烦闷都已停止了，心中就得着一种安慰、一种宁静、一种精神界的愉乐。我们若把社会上可恶的事件当作一个艺术品观，我们的厌恶心就淡了。我们对于一种烦闷的事件作艺术的观察，我们的烦闷也就消了。所以，古时悲观的哲学家，就把人世，看作一半是"悲剧"，一半是"滑稽剧"，这虽是他悲观的人生观，但也正是他的艺术的眼光，为他自己解嘲。但我们却不必做这种消极的、悲观的人生观。我们要持纯粹的唯美主义，在一切丑的现象中看出它的美来，在一切无秩序的现象中看出它的秩序来，以减少我们厌恶烦恼的心思，排遣我们烦闷无聊的生活。

这还是消极的一方面说。积极的方面，也还有许多的好处：

（A）我们常时作艺术的观察，又常同艺术接近，我们就会渐渐地得着一种超小己的艺术人生观。这种艺术人生观就是把"人生生活"当作一种"艺术"看待，使它优美、丰富、有条理、有意义。总之，就是把我们的一生生活，当作一个艺术品似的创造。这种"艺术式的人生"，也同一个艺术品一样，是个很有价值、有意义的人生。有人说，诗人歌德（Goethe）的"人生（Life）"，比他的诗还有价值，就是因为他的人生同一个高等艺术品一样，是很优美、很丰富、有意义、有价值的。

（B）我们持了唯美主义的人生观，消极方面可以减少小己的烦闷和痛苦，而积极的方面，又可以替社会提倡艺术的教育和艺术的创造。艺术教育，可以高尚社会人民的人格。艺术品是人类高等精神文化的表示，这两种的贡献，也就不算小的了。

总之，唯美主义，或艺术的人生观，可算得青年烦闷解救法之一种。

（二）研究的态度

怎样叫作研究的态度？当我们遇着一个困难或烦闷的事情的时候，我们不要就计较它对于切己的利害，以致引起感情的刺激、神经的昏乱，而平心静气，用研究的眼光，分析这事的原委、因果和真相，知这事有它的远因、近因，才会产生这不得不然的结果，我们对于这切己重大的事，就会同科学家对于一个自然对象一样，只有支配处置的手续，没有烦闷喜怒的感情了。

譬如现在的青年，对于社会上窳败的制度，政治上不良的现象，都用这种研究眼光去考察，不作一时的感情冲动，知道现在社会的黑暗罪恶是千百年来积渐而成，我们对它只当细筹改造的方法，不当抱盲目的悲观，或过激的愿望，那时，青年因政治社会而生的烦闷，一定可以减去不少。因这客观研究事实是不含痛苦的，是排遣烦闷的，而同时于事实上有极大的利益。

所以，研究的眼光和客观的观察，也是青年烦闷解救法的一种。

（三）积极的工作

我们人生的生活，本来就是"工作"。无工作的人生，是极无聊赖的人生，是极烦闷的人生。有许多青年的烦闷，就是为着没有正当适宜的工作而产生的。试看那些资本家的子弟，终日游荡，没有一个一定的工作，虽是生活无虑，总是烦闷得很，无聊得很，终日汲汲地寻找消遣排闷的方法。所以，我以为，正当的积极的"工作"，是青年解救烦闷与痛苦的最好方法。青年最危险的时候，就是完全没有工作的时候。这时候，最容易发生幻想、烦闷、悲观、无聊。

至于工作，有精神的肉体的。这两种中任择一种，就可以解除青年的烦闷。但是，做精神工作的，不可不当附带做点肉体的工作，以维持他的健康。

以上是我一时的感想，粗略得很。不过想借此引起诸君对于这黎明运动时代青年最易发生烦闷的问题，稍稍注意,商量个周密的解救办法。

原刊《解放与改造》1920年第2卷第6期

新人生观问题的我见

我看见现在社会上一般的平民,几乎纯粹是过的一种机械的、物质的、肉的生活,还不曾感觉到精神生活、理想生活、超现实生活的需要。推其原因,大概是生活环境太困难,物质压迫太繁重的缘故。但是,长此以往,于中国文化运动上大有阻碍。因为一般平民既觉不到精神生活、理想生活的需要,那么,一切精神文化,如艺术、学术、文学都不能由切实的平民的"需要"上发生伟大的发展了。所以,我们现在的责任,是要替中国一般平民养成一种精神生活、理想生活的"需要",使他们在现实生活以外,还希求一种超现实的生活,在物质生活以上还希求一种精神生活。然后我们的文化运动才可以在这个平民的"需要"的基础上建立一个强有力的前途。

我们怎样替他们造出这种需要呢?

我以为，我们第一步的手续，就是替他们创造一个新的正确的人生观。中国平民旧式的人生观——其实，一般人大半还没有人生观可言：因为中国向来盛行孔孟老庄的哲学，发生两种倾向：

（一）现实人生主义：这是大半由孔孟哲学不谈天道，不管形而上问题——超现实思想——的结果。它的流弊，使一般平民专倾向现实人生问题，不知道注意自然，发挥高尚深处，超现实人生，研究自然神秘的观念。它的流弊至极，就到了现在这种纯粹物质生活、肉的生活、没有精神生活的境地。

（二）悲观命定主义：这是大半由老庄哲学深入中国人心，认定凡事都有定数，人工无能为力，所以放任自然，不加动作。没有创造的意志，没有积极的精神，没有主动的决心。高尚的，趋于达观厌世。低等的，流于纵欲享乐。

这两种人生观的流弊，在现在中国社会中发扬尽致了。我们随处可以考察，用不着我细说。不过，那班实行这种人生观的人，自己并不承认，因为他们思想界中并没有人生观三个字的观念。

我们的新"人生观"，从何处创造呢？我以为有两条途径：（一）科学的；（二）艺术的。先说：

（一）科学的人生观

我们知道这"人生观"问题的内容，是含着以下的两个问题：

（A）人生究竟是什么？就是问人生生活的"内容"与"作用"，究竟是什么东西。

（B）人生究竟要怎样？就是问我们对于人生要取的什么态度，运用什么方法。

这两个问题，我想，我们都可以先从科学上去解答它。因为"生活"这个现象，已经成了科学的对象。科学中的生物学（Biology）就是研究"生活原则"的学问。分而言之，生理学（Physiology）是研究"物质生活"的内容和作用，心理学是研究"精神生活"的内容与作用。生活现象的全体已经成了科学研究的对象了。我们不从这个实验的科学的道路上去解决人生生活内容的问题，难道还去学那些旧式的哲学家，从几个抽象的观念名词上，起空中楼阁么？

我们从科学的内容中知道了生活现象的原则，再从这原则中决定生活的标准。譬如，我们知道，生活中有"互助"的现象，与"战争"的现象。我们抉择哪一种原则是适合于天演，我们就去尽量扩充发挥，以求我们生活的进化。我们又知"精神生活"是生活中较为高级的进化的现象，我们就应当竭力地发扬它增进它，以求我们生活的高尚。我们又知道生活的作用是创造的变动的，不是固定的消极的，我们就当本着这个原则去活动创造。这是从科学——生物学——的"内容"中，知道我们"生活原则"的内容，再根据这种原则，决定我们生活的态度。

其实，不单是科学的内容与我们人生观上有莫大的关系，就是科学的方法，很可以做我们"人生的方法（生活的方法）"。

科学的方法是"试验的""主动的""创造的""有组织的""理想与事实连络的"。这种科学家探求真理的方法与态度，若运用到人生生活上来，就成了一种有条理的、有意义的、活动的人生。

所以，我们可以从科学的内容与方法上，得一个正确的人生观，知道人生生活的内容与人生行为的标准。

但是，科学是研究客观对象的。它的方法是客观的方法。它把人生生活当作一个客观事物来观察，如同研究无机现象一样。这种方法，在人生观上还不完全，因为我们研究人生观者自己就是"人生"，就是"生活"。我们舍了客观的方法以外，还可以用主观自觉的方法来领悟人生生活的内容和作用。

我们自己天天在生活中。这生活究竟是什么,我们当然可以用内省或反照的方法来观察领悟。不过,我们的意识界,常时被外界物质及肉体生活的关系占据充满了,不大能发生纯粹无杂的自觉。所以,要从自觉上了解生活内容、人生意义,也是不容易的。但我想我们还可以用一种比例对照(Analogy)的方法来推测人生内容是什么,人生标准当怎样。这种方法,就是:

(二)艺术的人生观

什么叫艺术的人生观?艺术人生观就是从艺术的观察上推察人生生活是什么,人生行为当怎样。

我们知道,艺术创造的过程,是拿一件物质的对象,使它理想化、美化。我们生命创造的过程,也仿佛是由一种有机的构造的生命的原动力,贯注到物质中间,使它进成一个有系统的有组织的合理想的生物。我们生命创造的现象与艺术创造的现象,颇有相似的地方。我们要明白生命创造的过程,可以先去研究艺术创造的过程。艺术家的心中有一种黑暗的、不可思议的艺术冲动,将这些艺术冲动凭借物质表现出来,就成了一个优美完备的合理想的艺术品。生命的现象也仿佛如此。生命的表现也是物质的形体化、理想化。生命的现象，好像一个艺术品的成功。不过，艺术品大半是固定的静止的，生命是活动的前进的。结果不同，而创造的过程则有些相似。

但这种由艺术创造的过程上推想生命创造的过程，终不过是个推想（Analogy）罢了。没有科学的严格的根据。它是一种主观的——艺术家自觉的——想象。不过我们个人自己，不妨抱有这门一种艺术的人生观。从这上面建立一种艺术的人生态度。

什么叫艺术的人生态度？这就是积极地把我们人生的生活，当作一个高尚优美的艺术品似的创造，使它理想化、美化。

艺术创造的手续，是悬一个具体的优美的理想，然后把物质的材料照着这个理想创造去。我们的生活，也要悬一个具体的优美的理想，然后把物质材料照着这个理想创造去。艺术创造的作用，是使它的对象协和、整饬、优美、一致。我们一生的生活，也要能有艺术品那样的协和、整饬、优美、一致。总之，艺术创造的目的是一个优美高尚的艺术品，我们人生的目的是一个优美高尚的艺术品似的人生。这是我个人所理想的艺术的人生观。

我久已抱了一个野心，想积极地去研究这个"科学人生观与艺术人生观"的问题。但是，因为自己的科学与艺术的基础知识太缺乏，至今还没有着手。今天这个短论所写的，乃是我自己所悬拟的着手研究的方向。我很希望国内有许多青年和我同抱这个野心，所以写了出来，以供参采。但是，我所说的实在太简略了，很是抱歉。以后稍有研究时，预备再详细地说一下。

原刊1920年4月19日《时事新报·学灯》

中国的学问家——沟通—调和

中国的学者有两种极强烈的嗜好与习惯，就是沟通与调和。自晋魏以后，中国学者的毕生事业大半是求释老的沟通，儒佛的调和，不是拿佛理来解释庄子，就是拿孔道来充抬佛学。初不问各家学说有他特殊的起源，特殊的目的，他们的概念文字都有他特殊的意义，总兢兢然想熔三教于一炉，抱定"殊途同归，一致百虑"的观念。但是他们还可以原谅。因为他们当时还没有可以独立研究的对象，如现在科学家之独立研究自然现象。只有在书本上寻找各家学说的互相关系，替他沟通调和，从中抽出些普遍真理来做成一个学说的系统，止如现在科学家探索自然现象中的互相关系，替他条理综合，聚萃若干普遍的自然律令，造成个自然科学的系统。

到了近代欧美学说输入中国，中国学者的融会力与沟通力又得了一大片运用的地方。今天拿庄子来包括达尔文，明天拿佛理来讲解康德，（这是我自己做过的事！）巧妙玄微，不可思议，沾沾自喜，想入非非，实令人好笑又好气。细考起来，实是有心理学上的原因。心理学上说，我们的心识遇着一个簇新的对象，总是拿心识中已含具的观念去包纳容收（Subsumption），否则完全不能理解。所以中国人遇着一种西洋学说总先寻找中国旧学中有哪一种陈说可以包括它的。包括了以后，就自以为对于这种新学说已经了解，已经会意，无庸再研究了。就是去研究，也不过借此去阐明古学，重振旧义，对于古人更增一次景仰惊异，更加一重崇拜信服。

我不是说古今中外的各派学说中完全没有字句间偶然相似，意念上偶然相通的。但是我们无从决定各时各地的大学者所用同样的名言也都代表同样的概念。儒家所谓道非道家所谓道。这是大家晓得的。而现代科学中所用的名词概念更有它特殊的定义，根据古人所未曾经验到的自然现象，岂可因语言文字间偶然相同，就说古人已经"远见及此"。就是古代天才有一种深远的直觉，感觉到一种普遍真理，如说万物本体不生灭等话，也决不就同现代化学家由实验所假设的"物质长住"的公例。人类的学术就是人类的经验——后来的经验总比以前的经验要深一点，广一点。中国人向来尊重年长人的经验,——历史上的幼年,即古代——而蔑视长年时代呢。我们幼年时代的观念思想虽有与长年相似的,但不能说就是一样。后来的见识总要深一点,广一点,完备一点。决不能说幼年时代已经"远见及此"。古代哲学家所说的"极微",决不就同现代化学用精巧繁密的器具所实验的原子现象。古人说话时心意中所具所指的观念决不与现代科学实际经验所推想假设的观念完全相同。我们也无从想象古人的心中所具的观念究竟是何状态。古人的文字遗传了,书籍遗传了,古人的心思意念没有遗传。我们怎能从文字的偶尔共用就说古人已经"远见及此"呢!况我们以理推断,古人时代的环境经验与现在大相悬殊,学理上的研究方法更相差甚远,决不能发生完全相同的见解思想。所以拿古人学说同现在的学理沟通是件没有把握的事。其实也很可不必。古人没有见到的事理,我们见到了,岂不是一件很可喜的事,一件进步的现象,何必硬要强不知以为知呢?至于调和,真妄糅杂,使真理连带不得进步。所以我们须向着真理的真面目上去观察,不必把古人的陈说来沟通调和,数量比较,想从这个中间得出一个真理来。但是我并不是说诸君从此就不必去研究古今中外的学术,我的意思希望吾国学者打破沟通调和的念头,只要为着真理去研究真理,不要为着沟通调和去研究东西学说。我因为中国学者现在还有这种习惯，每每喜欢引用古说来比附新学（我自己也有这种恶习），这是很不安当的求学方法，这也是遗传恶习的一种，所以特为标出，请诸君讨论。

原刊 1919 年 11 月 27 日《时事新报·学灯》

学者的态度和精神

我向来最佩服的,是古印度学者的态度,最敬仰的,是欧洲中古学者的精神。古印度学者的态度怎么样?他们的态度就是:绝对地服从真理,猛烈地牺牲成见。

当龙树提婆的时候,印度学说的派别将近百种。他们互相争辩的激烈程度,可想而知。但他们争辩时的态度却很可注意!当未辩论以前,那辩论者往往宣言:"若辩论败了,就自杀以报,或归依做弟子。"辩论之后,那辩论败的不是立刻自杀,就立刻归依做弟子。决不作强辩,决不作遁词,更没有无理的谩骂、话出题外、另生枝词的现象,像我中国学者的常态。这种态度,你看可佩服不佩服?这才真是"只晓得有真理,不晓得有成见"呢!这就是古印度学者的态度,我希望中国的新学者也有这种态度。

欧洲中古学者的精神又怎么样呢?他们的精神就是:

宁愿牺牲生命，不愿牺牲真理。

欧洲中古时的学者，因发明真理，拥护真理，以致焚身入狱的，很不甚少见。他们那为着真理，牺牲生命时所受的痛苦，若给中国学者看了，很觉得不值当。但真理却因此昌明了！人类却因此进化了！那学者一时的生命与痛苦又算得什么，那学者的心中只晓得真理的价值，不晓得生命的价值，这才真是学者的精神。

总之，学者的责任，本是探求真理，真理是学者第一种的生命。小己的成见与外界的势力，都是真理的大敌。抵抗这种大敌的器械，莫过于古印度学者服从真理，牺牲成见的态度；欧洲中古学者拥护真理，牺牲生命的精神。这种态度，这种精神，正是我们中国新学者应具的态度，应抱的精神！

原载《解放与改造》1920年第2卷第1期

悲剧的与幽默的人生态度

人类社会的法律、习惯、礼教，使人们在和平秩序的保障之下，过着一种平凡安逸的生活；使人忘记了宇宙的神秘，生命的奇迹，心灵内部的诡幻与矛盾。

近代的自然科学更是帮助近代人走向这条平淡幻灭的路。科学欲将这矛盾创新的宇宙也化作有秩序、有法律、有礼教的大结构，像我们理想的人类社会一样，然后我们更觉安然。

然而人类史上向来就有一些不安分的诗人、艺术家、先知、哲学家等，偏要化腐朽为神奇、在平凡中惊异，在人生的喜剧里发现悲剧，在和谐的秩序里指出矛盾，或者以超脱的态度守着一种"幽默"。

但生活严肃的人，怀抱着理想，不愿自欺欺人，在人生里面体验到不可解救的矛盾，理想与事实的永久冲突。

然而愈矛盾则体验愈深，生命的境界愈丰满浓郁，在生活悲壮的冲突里显露出人生与世界的"深度"。

所以悲剧式的人生与人生的悲剧文学使我们从平凡安逸的生活形式中重新认识观察到生活内部的深沉冲突，人生的真实内容是永远的奋斗，是为了超个人生命的价值而挣扎，毁灭了生命以殉这种超生命的价值，觉得是痛快，觉得是超脱解放。

大悲剧作家席勒说："生命不是人生最高的价值。"这是"悲剧"给我们最深的启示。悲剧中的主角是宁愿毁灭生命以求"真"，求"美"，求"权力"，求"神圣"，求"自由"，求人类的上升，求最高的善。在悲剧中我们发现了超越生命的价值的真实性，因为人类曾愿牺牲生命、血肉，及幸福，以证明它们的真实存在。果然，在这种牺牲中人类自己的价值升高了，在这种悲剧的毁灭中人类显露出"意义"了。

肯定矛盾，殉于矛盾，以战胜矛盾，在虚空毁灭中寻求生命的意义，获得生命的价值，这是悲剧的人生态度！

另一种人生态度则是以广博的智慧照瞩宇宙间的复杂关系，以深挚的同情了解人生内部的矛盾冲突。在伟大处发现它的狭小，在渺小里却也看到它的深厚，在圆满里发现它的缺憾，但在缺憾里也找出它的意义。于是以一种拈花微笑的态度同情一切；以一种超越的笑，了解的笑，含泪的笑，悯然的笑，包容一切以超越一切，使灰色黯淡的人生也罩上一层柔和的金光。觉得人生可爱。可爱处就在它的渺小处，矛盾处，就同我们欣赏小孩们的天真烂漫的自私，使人心花开放，不以为忤。

这是一种所谓幽默的态度。真正的幽默是平凡渺小里发掘价值。以高的角度测量那"煊赫伟大"的，则认识它不过如此。以深的角度窥探"平凡渺小"的，则发现它里面未尝没有宝藏。一种愉悦，满意，含笑，超脱，支配了幽默的心襟。

"幽默"不是谩骂，也不是讽刺。幽默是冷隽，然而在冷隽背后与里面有"热"（林琴南译迭更司的《块肉余生》里富有真的幽默）。

悲剧和幽默都是"重新估定人生价值"的，一个是肯定超越平凡人生的价值，一个是平凡人生里肯定深一层的价值，两者都是给人生以"深度"的。

莎士比亚以最客观的慧眼笼罩人类，同情一切，他是最伟大的悲剧家，然而他的作品里充满着何等丰富深沉的"黄金幽默"。

以悲剧情绪透入人生，以幽默情绪超脱人生，是两种意义的人生态度。

原载南京《中国文学》创刊号，1934年1月

我和诗

我的写诗,确是一件偶然的事。记得我在同郭沫若的通信里曾说过:"我们心中不可没有诗意、诗境,但却不必定要做诗。"这两句话曾引起他一大篇的名论,说诗是写出的,不是做出的。他这话我自然是同意的。我也正是因为不愿受诗的形式推敲的束缚,所以说不必定要做诗。①

然而我后来的写诗却也不完全是偶然的事。回想我幼年时有一些性情的特点,是和后来的写诗不能说没有关系的。

我小时候虽然好玩耍,不念书,但对于山水风景的酷爱是发乎自然的。天空的白云和覆成桥畔的垂柳,是我孩

---

① 见《三叶集》。——原注

心最亲密的伴侣。我喜欢一个人坐在水边石上看天上白云的变幻，心里浮着幼稚的幻想。云的许多不同的形象动态，早晚风色中各式各样的风格，是我孩心里独自把玩的对象。都市里没有好风景，天上的流云，常时幻出海岛沙洲，峰峦湖沼。我有一天私自就云的各样境界，分别汉代的云、唐代的云、抒情的云、戏剧的云等等，很想做一个"云谱"。

风烟清寂的郊外，清凉山、扫叶楼、雨花台、莫愁湖是我同几个小伴每星期日步行游玩的目标。我记得当时的小文里有"拾石雨花，寻诗扫叶"的句子。湖山的清景在我的童心里有着莫大的势力。一种罗曼蒂克的遥远的情思引着我在森林里，落日的晚霞里，远寺的钟声里有所追寻，一种无名的隔世的相思，鼓荡着一股心神不安的情调；尤其是在夜里，独自睡在床上，顶爱听那远远的箫笛声，那时心中有一缕说不出的深切的凄凉的感觉，和说不出的幸福的感觉结合在一起；我仿佛和那窗外的月光雾光溶化为一，飘浮在树杪林间，随着箫声、笛声孤寂而远引——这时我的心最快乐。

十三四岁的时候，小小的心里已经筑起一个自己的世界；家里人说我少年老成，其实我并没念过什么书，也不爱念书，诗是更没有听过读过；只是好幻想，有自己的奇异的梦与情感。

十七岁一场大病之后，我扶着弱体到青岛去求学，病后的神经是特别灵敏，青岛海风吹醒我心灵的成年。世界是美丽的，生命是壮阔的，海是世界和生命的象征。这时我欢喜海，就像我以前欢喜云。我喜欢月夜的海、星夜的海、狂风怒涛的海、清晨晓雾的海、落照里几点遥远的白帆掩映着一望无尽的金碧的海。有时崖边独坐，柔波软语，絮絮如诉衷曲。我爱它，我懂它，就同人懂得他爱人的灵魂、每一个微茫的动作一样。

青岛的半年没读过一首诗，没有写过一首诗，然而那生活却是诗，是我生命里最富于诗境的一段。青年的心襟时时像春天的天空，晴朗愉快，没有一点尘滓，俯瞰着波涛万状的大海，而自守着明爽的天真。那年夏天我从青岛回到上海，住在我的外祖父方老诗人家里。每天早晨在小花园里，听老人高声唱诗，声调沉郁苍凉，非常动人，我偷偷一看，是一部《剑南诗钞》，于是我跑到书店里也买了一部回来。这是我生平第一次翻读诗集，但是没有读多少就丢开了。那时的心情，还不宜读放翁的诗。秋天我转学进了上海同济，同房间里一位朋友，很信佛，常常盘坐在床上朗诵《华严经》。音调高朗清远有出世之概，我很感动。我欢喜躺在床上瞑目静听他歌唱的词句，《华严经》词句的优美，引起我读它的兴趣。而那庄严伟大的佛理境界投合我心里潜在的哲学的冥想。我对哲学的研究是从这里开始的。庄子、康德、叔本华、歌德相继地在我的心灵的天空出现，每一个都在我的精神人格上留下不可磨灭的印痕。"拿叔本华的眼睛看世界，拿歌德的精神做人"，是我那时的口号。

有一天我在书店里偶然买了一部日本版的小字的王、孟诗集，回来翻阅一过，心里有无限的喜悦。他们的诗境，正合我的情味，尤其是王摩诘的清丽淡远，很投我那时的癖好。他的两句诗："行到水穷处，坐看云起时"，是常常挂在我的口边，尤在我独自一人散步于同济附近田野的时候。

唐人的绝句，像王、孟、韦、柳等人的，境界闲和静穆，态度天真自然，寓秾丽于冲淡之中，我顶欢喜。后来我爱写小诗、短诗，可以说是承受唐人绝句的影响，和日本的俳句毫不相干，泰戈尔的影响也不大。只是我和一些朋友在那时常常欢喜朗诵黄仲苏译的泰戈尔《园丁集》诗，他那声调的苍凉幽咽，一往情深，引起我一股宇宙的遥远的相思的哀感。

在中学时，有两次寒假，我到浙东万山之中一个幽美的小城里过年。那四围的山色秾丽清奇，似梦如烟；初春的地气，在佳山水里蒸发得较早，举目都是浅蓝深黛；湖光恋影笼罩得人自己也觉得成了一个透明体。而青春的心初次沐浴到爱的情绪，仿佛一朵白莲在晓露里缓缓地展开，迎着初升的太阳，无声地战栗地开放着，一声惊喜的微呼，心上已抹上胭脂的颜色。

纯真的刻骨的爱和自然的深静的美在我的生命情绪中结成一个长期的微渺的音奏，伴着月下的凝思，黄昏的远想。

这时我欢喜读诗，我欢喜有人听我读诗，夜里山城清寂，抱膝微吟，灵犀一点，脉脉相通。我的朋友有两句诗："华灯一城梦，明月百年心"，可以做我这时心情的写照。

我游了一趟谢安的东山，山上有谢公祠、蔷薇洞、洗屐池、棋亭等名胜，我写了几首记游诗，这是我第一次的写诗，现在姑且记下，可以当作古老的化石看罢了。

游东山寺

（一）

振衣直上东山寺，万壑千岩静晚钟。
叠叠云岚烟树杪，湾湾流水夕阳中。
祠前双柏今犹碧，洞口蔷薇几度红？
一代风流云水渺，万方多难吊遗踪。

（二）

石泉落涧玉琮琤，人去山空万籁清。
春雨苔痕迷屐齿，秋风落叶响棋枰。
澄潭浮鲤窥新碧，老树盘鸦噪夕晴。
坐久浑忘身世外，僧窗冻月夜深明。

别东山

游屐东山久不回，依依怅别古城隈。
千峰暮雨春无色，万树寒风鸟独徊。
渚上归舟携冷月，江边野渡逐残梅。
回头忽见云封堞，黯对青峦自把杯。

旧体诗写出来很容易太老气，现在回看不像十几岁人写的东西，所以我后来也不大写旧体诗了。二十多年以后住嘉陵江边才又写一首《柏溪夏晚归棹》：

飙风天际来，绿压群峰暝。
云罅漏夕晖，光写一川冷。
悠悠白鹭飞，淡淡孤霞迥。
系缆月华生，万象浴清影。

一九一八至一九一九年，我开始写哲学文字，然而浓厚的兴趣还是在文学。德国浪漫派的文学深入我的心坎。歌德的小诗我很欢喜。康白情、郭沫若的创作引起我对新体诗的注意。但我那时仅试写过一首《问祖国》。

一九二〇年我到德国去求学，广大世界的接触和多方面人生的体验，使我的精神非常兴奋，从静默的沉思，转到生活的飞跃。三个星期中间，足迹踏遍巴黎的文化区域。罗丹的生动的人生造像是我这时最崇拜的诗。

这时我了解近代人生的悲壮剧、都会的韵律、力的姿势。对于近代各问题，我都感到兴趣，我不那样悲观，我期待着一个更有力的更光明的人类社会到来。然而莱茵河上的故垒寒流、残灯古梦，仍然萦系在心坎深处，使我时常做做古典的浪漫的美梦。前年我有一首诗，是追抚着那时的情趣，一个近代人的矛盾心情：

生命之窗的内外

白天，打开了生命的窗，
绿杨丝丝拂着窗槛。
一层层的屋脊，一行行的烟囱，
成千成万的窗户，成堆成伙的人生。
活动、创造、憧憬、享受。

是电影、是图画、是速度、是转变？
生活的节奏，机器的节奏，
推动着社会的车轮，宇宙的旋律。
白云在青空飘荡，
人群在都会匆忙！

黑夜，闭上了生命的窗。
窗里的红灯，
掩映着绰约的心影：
雅典的庙宇，莱因的残堡，
山中的冷月，海上的孤棹。
是诗意、是梦境、是凄凉、是回想？
缕缕的情丝，织就生命的憧憬。
大地在窗外睡眠！
窗内的人心，
遥领着世界深秘的回音。

在都市的危楼上俯眺风驰电掣的匆忙的人群，通力合作地推动人类的前进；生命的悲壮令人惊心动魄，渺渺的微躯只是洪涛的一沤，然而内心的孤迥，也希望能烛照未来的微茫，听到永恒的深秘节奏，静寂的神明体会宇宙静寂的和声。

　　一九二一年的冬天,在一位景慕东方文明的教授的家里,过了一个罗曼蒂克的夜晚;舞阑人散,踏着雪里的蓝光走回的时候,因着某一种柔情的萦绕,我开始了写诗的冲动,从那时以后,横亘约摸一年的时光,我常常被一种创造的情调占有着。黄昏的微步,星夜的默坐,大庭广众中的孤寂,时常仿佛听见耳边有一些无名的音调,把捉不住而呼之欲出。往往是夜里躺在床上熄了灯,大都会千万人声归于休息的时候,一颗战栗不寐的心兴奋着,静寂中感觉到窗外横躺着的大城在喘息,在一种停匀的节奏中喘息,仿佛一座平波微动的大海,一轮冷月俯临这动极而静的世界,不禁有许多遥远的思想来袭我的心,似惆怅,又似喜悦,似觉悟,又似恍惚。无限凄凉之感里,夹着无限热爱之感。似乎这微渺的心和那遥远的自然,和那茫茫的广大的人类,打通了一道地下的深沉的神秘的暗道,在绝对的静寂里获得自然人生最亲密的接触。我的《流云小诗》,多半是在这样的心情中写出的。往往在半夜的黑影里爬起来,扶着床栏寻找火柴,在烛光摇晃中写下那些现在人不感兴趣而我自己却借以慰藉寂寞的诗句。《夜》与《晨》两诗曾记下这黑夜不眠而诗兴勃勃的情景。

　　然而我并不完全是"夜"的爱好者,朝霞满窗时,我也赞颂红日的初生。我爱光,我爱海,我爱人间的温爱,我爱群众里千万心灵一致紧张而有力的热情。我不是诗人,我却主张诗人是人类的光和爱和热的鼓吹者。高尔基说过:"诗不是属于现实部分的事实,而是属于那比现实更高部分的事实。"歌德也说:"应该拿现实提举到和诗一般地高。"这也就是我对于诗和现实的见解。

此文最初写于1923年,1940年代作者又作了些修改

我和艺术

我与艺术相交忘情,艺术与我忘情相交,凡八十又六年矣。然而说起欣赏之经验,却甚寥寥。

在我看来,美学就是一种欣赏。美学,一方面讲创造,一方面讲欣赏。创造和欣赏是相通的。创造是为了给别人欣赏,起码是为了自己欣赏。欣赏也是一种创造,没有创造,就无法欣赏。六十年前,我在《看了罗丹雕刻以后》里说过,创造者应当是真理的搜寻者,美乡的醉梦者,精神和肉体的劳动者。欣赏者又何尝不当如此?

中国有句古话,叫作"万物静观皆自得"。静故了群动,空故纳万境。艺术欣赏也需澡雪精神,进入境界。庄子最早提倡虚静,颇懂个中三昧,他是中国有代表性的哲学家中的艺术家。老子、孔子、墨子他们就做不到。庄子影响大极了。中国古代艺术繁荣的时代,庄子思想就突出,就活跃，魏晋时期就是一例。晋人王戎云："情之所钟，正在我辈。"创造需炽爱，欣赏亦需钟情。记得三十年代初，我在南京偶然购得隋唐佛头一尊，重数十斤，把玩终日，因有"佛头宗"之戏。是时悲鸿等好友亦交口称赞，爱抚不已。不久，南京沦陷，我所有书画、古玩荡然无存，唯此佛头深埋地底，得以幸存。今仍置于案头，满室生辉。这些年，年事渐高，兴致却未有稍减。一俟城内有精彩之文艺展，必拄杖挤车，一睹为快。今虽老态龙钟，步履维艰，犹不忍释卷，以冀卧以游之！

艺术趣味的培养，有赖于传统文化艺术的滋养。只有到了徽州，登临黄山，方可领悟中国之诗、山水、艺术的韵味和意境。我对艺术一往情深，当归于孩童时所受的熏陶。我在《我和诗》一文中追溯过，我幼时对山水风景古刹有着发乎自然的酷爱。天空的游云和复成桥畔的垂柳，是我孩心最亲密的伴侣。风烟清寂的郊外，清凉山、扫叶楼、雨花台、莫愁湖是我同几个小伴每星期日步行游玩的目标。十七岁一场大病之后，我扶着弱体到青岛去求学，那象征着世界和生命的大海，哺育了我生命里最富于诗境的一段时光……

艺术的天地是广漠阔大的，欣赏的目光不可拘于一隅。但作为中国的欣赏者，不能没有民族文化的根基。外头的东西再好，对我们来说，总有点隔膜。我在欧洲求学时，曾把达·芬奇和罗丹等的艺术当作最崇拜的诗。可后来还是更喜欢把玩我们民族艺术的珍品。中国艺术无疑是一个宝库！

多年以来，对欣赏一事，论者不多。《指要》一书，可谓难得。书中所论，亦多灼见。受编者深嘱，成此文字，是为序。

1983年9月10日
于北京大学未名湖畔
本文是作者为《艺术欣赏指要》一书所作的序

流云小诗七首

艺术

你想要了解"光"么?

你可曾同那林中透射的斜阳共舞?

你可曾同黄昏初现的月光齐颤?

你要了解"春"么?

你的心琴可有那蝴蝶的翩翩情致?

你的呼吸可有那玫瑰粉的一缕温馨?

你要了解"花"么?

你曾否临风醉舞?

你曾否饮啜春光?

此诗刊于《少年中国》1920年第2卷第5期

生命的河

生命的河,

是深蓝色的夜流,

映带了几点金色的星光。

> 原刊 1922 年 8 月 20 日《时事新报·学灯》

雨夜

门外夜雨深了。

繁华的大城,

忽然如睡海底。

我披起外衣,

到黑夜深深处,

看湖上雨点的微光。

> 刊于 1922 年 8 月 20 日《时事新报·学灯》

夜

伟大的夜,

我起来颂扬你!

你消灭了世间的一切界限,

你点灼了人间无数心灯。

七月三日柏林夜

原刊 1922 年 8 月 20 日《时事新报·学灯》

眼波

她静悄悄的眼波
悄悄地
落在我的身上。
我静悄悄的心
起了一纹
悄悄的微颤。

7 月 20 日柏林

原刊 1922 年 9 月 7 日《时事新报·学灯》

小诗

生命的树上
凋了一枝花
谢落在我的怀里,
我轻轻地压在心上。

她接触了我心中的音乐

化成小诗一朵。

原刊 1922 年 9 月 9 日《时事新报·学灯》

世界的花

世界的花

我怎忍采撷你？

世界的花

我又忍不住要采得你！

想想我怎能舍得你，

我不如一片灵魂化作你！

8 月 26 日柏林

原刊 1922 年 10 月 12 日《时事新报·学灯》

美的启示

看了罗丹雕刻以后

"……艺术是精神的生命贯注到物质界中，使无生命的表现生命，无精神的表现精神。……艺术是自然的再现，是提高的自然。"抱了这几种对于艺术的直觉见解走到欧洲，经过巴黎，徘徊于罗浮艺术之宫，摩挲于罗丹雕刻之院，然后我的思想大变了。否，不是变了，是深沉了。

我们知道我们一生生命的迷途中，往往会忽然遇着一刹那的电光，破开云雾，照瞩前途黑暗的道路。一照之后，我们才确定了方向，直往前趋，不复迟疑。纵使本来已经是走着了这条道路，但是今后才确有把握，更增了一番信仰。

我这次看见了罗丹的雕刻，就是看到了这一种光明。我自己自幼的人生观和自然观是相信创造的活力是我们生命的根源，也是自然的内在的真实。你看那自然何等调和，何等完满，何等神秘不可思议！你看那自然中何处不是生命，何处不是活动，何处不是优美光明！这大自然的全体不就是一个理性的数学、情绪的音乐、意志的波澜么？一言蔽之，我感得这宇宙的图画是个大优美精神的表现。但是年事长了，经验多了，同这个实际世界冲突久了，晓得这空间中有一种冷静的、无情的、对抗的物质，为我们自我表现、意志活动的阻碍，是不可动摇的事实。又晓得这人事中有许多悲惨的、冷酷的、愁闷的、龌龊的现状，也是不可动摇的事实。这个世界不是已经美满的世界，乃是向着美满方面战斗进化的世界。你试看那棵绿叶的小树。他从黑暗冷湿的土地里向着日光，向着空气，作无止境的战斗。终竟枝叶扶疏，摇荡于青天白云中，表现着不可言说的美。一切有机生命皆凭借物质扶摇而入于精神的美。大自然中有一种不可思议的活力，推动无生界以入于有机界，从有机界以至于最高的生命、理性、情绪、感觉。这个活力是一切生命的源泉，也是一切"美"的源泉。

　　自然无往而不美。何以故？以其处处表现这种不可思议的活力故。照相片无往而美。何以故？以其只摄取了自然的表面，而不能表现自然底面的精神故。（除非照相者以艺术的手段处理它）艺术家的图画、雕刻却又无往而不美，何以故？以其能从艺术家自心的精神，以表现自然的精神，使艺术的创作，如自然的创作故。

什么叫作美？……"自然"是美的，这是事实。诸君若不相信，只要走出诸君的书室，仰看那檐头金黄色的秋叶在光波中颤动；或是来到池边柳树下俯看那白云青天在水波中荡漾，包管你有一种说不出的快感。这种感觉就叫作"美"。我前几天在此地斯蒂丹博物院里徘徊了一天，看了许多荷兰画家的名画，以为最美的当莫过于大艺术家的图画、雕刻了，哪晓得今天早晨起来走到附近绿堡森林中去看日出，忽然觉得自然的美终不是一切艺术所能完全达到的。你看空中的光、色，那花草的动，云水的波澜，有什么艺术家能够完全表现得出？所以自然始终是一切美的源泉，是一切艺术的范本。艺术最后的目的，不外乎将这种瞬息变化，起灭无常的"自然美的印象"，借着图画、雕刻的作用，扣留下来，使它普遍化、永久化。什么叫作普遍化、永久化？这就是说一幅自然美的好景往往在深山丛林中，不是人人能享受的；并且瞬息变动、起灭无常，不是人时时能享受的（"夕阳无限好，只是近黄昏"）。艺术的功用就是将它描摹下来，使人人可以普遍地、时时地享受。艺术的目的就在于此，而美的真泉仍在自然。

那么，一定有人要说我是艺术派中的什么"自然主义""印象主义"了。这一层我还有申说。普通所谓自然主义是刻画自然的表面,入于细微。那么能够细密而真切地摄取自然印象莫过于照相片了。然而我们人人知道照片没有图画的美,照片没有艺术的价值。这是什么缘故呢?照片不是自然最真实的摄影么?若是艺术以纯粹描写自然为标准,总要让照片一筹,而照片又确是没有图画的美。难道艺术的目的不是在表现自然的真相么?这个问题很可令人注意。我们再分析一下。

(一)向来的大艺术家如荷兰的伦勃朗、德国的丢勒、法国的罗丹都是承认自然是艺术的标准模范,艺术的目的是表现最真实的自然。他们的艺术创作依了这个理想都成了第一流的艺术品。

(二)照片所摄的自然之影比以上诸公的艺术杰作更加真切、更加细密,但是确没有"美"的价值,更不能与以上诸公的艺术品媲美。

(三)从这两条矛盾的前提得来结论如下:若不是诸大艺术家的艺术观念——以表现自然真相为艺术的最后目的——有根本错误之处,就是照片所摄取的并不是真实自然。而艺术家所表现的自然,方是真实的自然!

果然!诸大艺术家的艺术观念并不错误。照片所摄非自然之真。惟有艺术才能真实表现自然。

诸君听了此话,一定有点惊诧,怎么照片还不及图画的真实呢?

罗丹说:"果然!照片说谎,而艺术真实。"这话含意深厚,非解释不可。请听我慢慢说来。

我们知道"自然"是无时无处不在"动"中的。物即是动,动即是物,不能分离。这种"动象",积微成著,瞬息变化,不可捉摸。能捉摸者,已非是动;非是动者,即非自然。照相片于物象转变之中,摄取一角,强动象以为静象,已非物之真相了。况且动者是生命之表示,精神的作用;描写动者,即是表现生命,描写精神。自然万象无不在"活动"中,即是无不在"精神"中,无不在"生命"中。艺术家要想借图画、雕刻等以表现自然之真,当然要能表现动象,才能表现精神、表现生命。这种"动象的表现",是艺术最后目的,也就是艺术与照片根本不同之处了。

艺术能表现"动",照片不能表现"动"。"动"是自然的"真相",所以罗丹说:"照片说谎,而艺术真实。"

但是艺术是否能表现"动"呢?艺术怎样能表现"动"呢?关于第一个问题要我们的直接经验来解决。我们拿一张照片和一张名画来比看。我们就觉得照片中风景虽逼真,但是木板板地没有生动之气,不同我们当时所直接看见的自然真境有生命，有活动；我们再看那张名画中景致，虽不能将自然中光气云色完全表现出来，但我们已经感觉它里面山水、人物栩栩如生，仿佛如入真境了。我们再拿一张照片摄的《行步的人》和罗丹雕刻的《行步的人》一比较，就觉得照片中人提起了一只脚，而凝住不动，好像麻木了一样；而罗丹的石刻确是在那里走动，仿佛要姗姗而去了。这种"动象的表现"要诸君亲来罗丹博物院里参观一下，就相信艺术能表现"动"，而照片不能。

那么艺术又怎样会能表现出"动象"呢？这个问题是艺术家的大秘密。我非艺术家，本无从回答；并且各个艺术家的秘密不同。我现在且把罗丹自己的话介绍出来。

罗丹说："你们问我的雕刻怎样会能表现这种'动象'？其实这个秘密很简单。我们要先确定'动'是从一个现状转变到第二个现状。画家与雕刻家之表现'动象'就在能表现出这个现状中间的过程。他要能在雕刻或图画中表示出那第一个现状，于不知不觉中转化入第二现状，使我们观者能在这作品中，同时看见第一现状过去的痕迹和第二现状初生的影子，然后'动象'就俨然在我们的眼前了。"

这是罗丹创造动象的秘密。罗丹认定"动"是宇宙的真相，惟有"动象"可以表示生命，表示精神，表示那自然背后所深藏的不可思议的东西。这是罗丹的世界观，这是罗丹的艺术观。

罗丹自己深入于自然的中心，直感着自然的生命呼吸、理想情绪，晓得自然中的万种形象，千变百化，无不是一个深沉浓挚的大精神——宇宙活力——所表现。这个自然的活力凭借着物质，表现出花，表现出光，表现出云树山水，以至于鸢飞鱼跃、美人英雄。所谓自然的内容，就是一种生命精神的物质表现而已。

艺术家要模仿自然，并不是真去刻画那自然的表面形式，乃是直接去体会自然的精神，感觉那自然凭借物质以表现万象的过程，然后以自己的精神、理想情绪、感觉意志，贯注到物质里面制作万形，使物质而精神化。

"自然"本是个大艺术家，艺术也是个"小自然"。艺术创造的过程，是物质的精神化；自然创造的过程，是精神的物质化；首尾不同，而其结局同为一极真、极美、极善的灵魂和肉体的协调，心物一致的艺术品。

罗丹深明此理，他的雕刻是从形象里面发展，表现出精神生命，不讲求外表形式的光滑美满。但他的雕刻中确没有一条曲线、一块平面而不有所表示生意跃动，神致活泼，如同自然之真。罗丹真可谓能使物质而精神化了。

罗丹的雕刻最喜欢表现人类的各种情感动作，因为情感动作是人性最真切的表示。罗丹和古希腊雕刻的区别也就在此。希腊雕刻注重形式的美，讲求表面的美，讲求表面的完满工整，这是理性的表现。罗丹的雕刻注重内容的表示，讲求精神的活泼跃动。所以希腊的雕刻可称为"自然的几何学"，罗丹的雕刻可称为"自然的心理学"。

自然无往而不美。普通人所谓丑的如老妪病骸，在艺术家眼中无不是美，因为也是自然的一种表现。果然！这种奇丑怪状只要一从艺术家手腕下经过，立刻就变成了极可爱的美术品了。艺术家是无往而非"美"的创造者，只要他能真把自然表现了。

所以罗丹的雕刻无所选择，有奇丑的嫫母，有愁惨的人生，有笑，有哭，有至高纯洁的理想，有人类根性中的兽欲。他眼中所看的无不是美，他雕刻出了，果然是美。

他说："艺术家只要写出他所看见的就是了，不必多求。"这话含有至理。我们要晓得艺术家眼光中所看见的世界和普通人的不同。他的眼光要深刻些，要精密些。他看见的不止是自然人生的表面，乃是自然人生的核心。他感觉自然和人生的现象是含有意义的，是有表示的。你看一个人的面目，他的表示何其多。他表示了年龄、经验、嗜好、品行、性质，以及当时的情感思想。一言蔽之，一个人的面目中，藏蕴着一个人过去的生命史和一个时代文化的潮流。这种人生界和自然界精神方面的表现,非艺术家深刻的眼光,不能看得十分真切。但艺术家不单是能看出人类和动物界处处有精神的表示。他看了一枝花、一块石、一湾泉水,都是在那里表现一段诗魂。能将这种灵肉一致的自然现象和人生现象描写出来,自然是生意跃动、神采奕奕、仿佛如"自然"之真了。

罗丹眼光精明,他看见这宇宙虽然物品繁富,仪态万千,但综而观之,是一幅意志的图画。他看见这人生虽然波澜起伏、曲折多端,但合而观之,是一曲情绪的音乐。情绪意志是自然之真,表现而为动。所以动者是精神的美,静者是物质的美,世上没有完全静的物质,所以罗丹写动而不写静。

罗丹的雕刻不单是表现人类普遍精神(如喜、怒、哀、乐、爱、恶、欲),他同时注意时代精神。他晓得一个伟大的时代必须有伟大的艺术品,将时代精神表现出来遗传后世。他于是搜寻现代的时代精神究竟在哪里?他在这十九、二十世纪潮流复杂思想矛盾的时代中,搜寻出几种基本精神:(1)劳动。十九、二十世纪是劳动神圣时代。劳动是一切问题的中心。于是罗丹创造《劳动塔》(未成)。(2)精神劳动。十九、二十世纪科学工业发达,是精神劳动极昌盛时代,不可不特别表示,于是罗丹创造《思想的人》和《巴尔扎克夜起著文之像》。（3）恋爱。精神的与肉体的恋爱，是现时代人类主要的冲动。于是罗丹在许多雕刻中表现之（接吻）。

我对于罗丹观察要完了。罗丹一生工作不息，创作繁富。他是个真理的搜寻者，他是个美乡的醉梦者，他是个精神和肉体的劳动者。他生于一八四〇年，死于近年。生时受人攻击非难，如一切伟大的天才那样。

1920年冬写于法兰克福
原刊《少年中国》第2卷第9期

歌德之人生启示

人生是什么？人生的真相如何？人生的意义何在？人生的目的是何？这些人生最重大最中心的问题，不只是古来一切大宗教家哲学家所殚精竭虑以求解答的。世界上第一流的大诗人凝神冥想，深入灵魂的幽邃，或纵身大化中，于一朵花中窥见天国，一滴露水参悟生命，然后用他们的生花之笔，幻现层层世界，幕幕人生，归根也不外乎启示这生命的真相与意义。宗教家对这些问题的方法与态度是预言的说教的，哲学家是解释的说明的，诗人文豪是表现的启示的。荷马的长歌启示了希腊艺术文明幻美的人生与理想，但丁的神曲启示了中古基督教文化心灵的生活与信仰，莎士比亚的剧本表现了文艺复兴时人们的生活矛盾与权力意志。至于近代的，建筑于这三种文明精神之上而同时开展一个新时代，所谓近代人生，则由伟大的歌德以他的人格、生活、作品表现出它的特殊意义与内在的问题。

歌德对人生的启示有几层意义，几种方面。就人类全体讲，他的人格与生活可谓极尽了人类的可能性。他同时是诗人、科学家、政治家、思想家，他也是近代泛神论信仰的一个伟大的代表。他表现了西方文明自强不息的精神，又同时具有东方乐天知命宁静致远的智慧。德国哲学家齐美尔（Simmel）说："歌德的人生所以给我们以无穷兴奋与深沉的安慰的，他只是一个人，他只是极尽了人性，但却如此伟大，使我们对人类感到有希望，鼓动我们努力向前做一个人。"我们可以说歌德是世界一扇明窗，我们由他窥见了人生生命永恒幽邃奇丽广大的天空！

再缩小范围，就欧洲文化的观点说，歌德确是代表文艺复兴以后近代人的心灵生活及其内在的问题。近代人失去了希腊文化中人与宇宙的谐和，又失去了基督教对一超越上帝虔诚的信仰。人类精神上获得了解放，得着了自由；但也就同时失所依傍，彷徨摸索，苦闷，追求，欲在生活本身的努力中寻得人生的意义与价值。歌德是这时代精神伟大的代表，他的主著《浮士德》是这人生全部的反映与其问题的解决（现代哲学家斯宾格勒 Spengler 在他名著《西方文化之衰落》中，名近代文化为浮士德文化）。歌德与其替身浮士德一生生活的内容就是尽量体验这近代人生特殊的精神意义，了解其悲剧而努力以解决其问题，指出解救之道。所以有人称他的《浮士德》是近代人的《圣经》。

但歌德与但丁、莎士比亚不同的地方，就是他不单是由作品里启示我们人生真相，尤其在他自己的人格与生活中表现了人生广大精微的义谛。所以我们也就从两方面去接受歌德对于人类的贡献：（一）从他的人格与生活，了解人生之意义；（二）从他的文艺作品，欣赏人生真相之表现。

一、歌德人格与生活之意义

比学斯基（Bielschowsky）在《歌德传记·导论》中分析歌德人格的特性，描述他生活的丰富与矛盾，最为详尽（见拙译《歌德论》）。但这个矛盾丰富的人格终是一个谜。所谓谜，就是这些矛盾中似乎潜伏着一个道理，由这个道理我们可以解释这个谜，而这个道理也就是构成这个谜的原因。我们获得这个道理解释了这个谜，也就可说是懂了那谜的意义。歌德生活中之矛盾复杂最使人有无穷的兴趣去探索他人格与生活的意义，所以人们关于歌德生活的研究与描述异常丰富，超过世界任何文豪。近代德国哲学家努力于歌德人生意义的探索者尤多，如息默尔（Simmel）、黎卡特（Rickert）、龚多夫（Gundolf）、寇乃曼（Kühnemann）、可尔夫（Korff）等等，尤以可尔夫的研究颇多新解。我们现在根据他们的发挥，略参个人的意见，叙述于后。

我们先再认清这歌德之谜的真面目：第一个印象就是歌德生活全体的无穷丰富；第二个印象是他一生生活中一种奇异的谐和；第三个印象是许多不可思议的矛盾。这三种相反的印象却是互相依赖，但也使我们表面看来，没有一个整个的歌德而呈现无数歌德的图画。首先有少年歌德与老年歌德之分。细看起来，可以说有一个莱布齐希大学学生的歌德，有一个少年维特的歌德，有一个魏玛朝廷的歌德，有一个意大利旅行中的歌德，与席勒交友时的歌德，艾克曼谈话中的哲人歌德。这就是说歌德的人生是永恒变迁的，他当时朋友都有此感，他与朋友爱人间的种种误会与负心皆由于此。人类的生活本都是变迁的，但歌德每一次生活上的变迁就启示一次人生生活上重大的意义，而留下了伟大的成绩，为人生永久的象征。这是什么缘故？因歌德在他每一种生活的新倾向中，无论是文艺政治科学或恋爱，他都是以全副精神整个人格浸沉其中；每一种生活的过程里都是一个整个的歌德在内。维特时代的歌德完全是一个多情善感热爱自然的青年，著《伊菲格尼》（*Iphigenie*）的歌德完全是个清明儒雅，徘徊于罗马古墟中希腊的人。他从人性之南极走到北极，从极端主观主义的少年维特走到极端客观主义的伊菲格尼，似乎完全两个人。然而每个人都是新鲜活泼原版的人。所以他的生平给予我们一种永久青春永远矛盾的感觉。歌德的一生并非真是从迷途错误走到真理，乃是继续地经历全人生各式的形态。他在《浮士德》中说："我要在内在的自我中深深领略，领略全人类所赋有的一切。最崇高的最深远的我都要了解。我要把全人类的苦乐堆积在我的胸心，我的小我，便扩大成为全人类的大我。我愿和全人类一样，最后归于消灭。"这样伟大勇敢的生命肯定，使他穿历人生的各阶段，而每阶段都成为人生深远的象征。他不只是经过少年诗人时期，中年政治家时期，老年思想家、科学家时期，就在文学上他也是从最初罗可可（Rococo）式的纤巧到少年维特的自然流露，再从意大利游后古典风格的写实到老年时浮士德第二部象征的描写。

他少年时反抗一切传统道德势力的缚束，他的口号"情感是一切！"老年时尊重社会的秩序与礼法，重视克制的道德。他的口号"事业是一切！"在对人接物方面，少年歌德是开诚坦率热情倾倒的待人。在老年时则严肃令人难以亲近。在政治方面，少年的大作中"瞿支"（Goetz）临死时口中喊着"自由"，而老年歌德对法国大革命中的残暴深为厌恶，赞美拿破仑重给欧洲以秩序。在恋爱方面，因各时期之心灵需要，舍弃最知心、最有文化的十年女友石坦因夫人而娶一个无知识、无教育纯朴自然的扎花女子。歌德生活是努力不息，但又似乎毫无预计，听机缘与命运之驱使。所以有些人悼惜歌德荒废太多时间做许多不相干的事，像绘画、政治事务、研究科学，尤其是数十年不断的颜色学研究。但他知道这些"迷途""错道"是他完成他伟大人性所必经的。人在"迷途中努力，终会寻着他的正道"。

歌德在生活中所经历的"迷途"与"正道"表现于一个最可令人注意的现象。这现象就是他生活中历次的"逃走"。他的逃走是他浸沉于一种生活方向将要失去了自己时，猛然的回头，突然的退却，再返于自己的中心。他从莱布齐希大学身心破产后逃回故乡，他历次逃开他的情人弗利德利克、绿蒂、丽莉等，他逃到魏玛，又逃脱魏玛政务的压迫走入意大利艺术之宫。他又从意大利逃回德国。他从文学逃入政治，从政治逃入科学。老年时且由西方文明逃往东方，借中国印度波斯的幻美热情以重振他的少年心。每一次逃走，他新生一次，他开辟了生活的新领域，他对人生有了新创造新启示。他重新发现了自己，而他在"迷途"中的经历已丰富了深化了自己。他说："各种生活皆可以过，只要不失去了自己。"歌德之所以敢于全心倾注于任何一种人生方面，尽量发挥，以致有伟大的成就，就是因为他自知不会完全失去了自己，他能在紧要关头逃走退回他自己的中心。这是歌德一生生活的最大的秘密。但在这个秘密背后伏有更深的意义。我们再进一步研究之。

歌德在近代文化史上的意义可以说，他带给近代人生一个新的生命情绪。他在少年时他已自觉是个新的人生宗教的预言者。他早期文艺的题目大都是人类的大教主如普罗美修斯（Prometheus），苏格拉底，基督与摩哈默德。

这新的人生情绪是什么呢？就是"生命本身价值的肯定"。基督教以为人类的灵魂必须赖救主的恩惠始能得救，获得意义与价值。近代启蒙运动的理性主义则以为人生须服从理性的规范，理智的指导，始能达到高明的合理的生活。歌德少年时即反抗18世纪一切人为的规范与法律。他的《瞿支》是反抗一切传统政治的缚束；他的维特是反抗一切社会人为的礼法，而热烈崇拜生命的自然流露。一言蔽之，一切真实的，新鲜的，如火如荼的生命，未受理性文明矫揉造作的原版生活，对于他是世界上最可宝贵的东西。而这种天真活泼的生命他发现于许多绚漫而朴质如花的女性。他作品中所描写的绿蒂、玛甘泪、玛丽亚等,他自身所迷恋的弗利德利克、丽莉、绿蒂等,都灿烂如鲜花而天真活泼,朴素温柔,如枝头的翠鸟。而他少年作品中这种新鲜活跃的描写,将妩媚生命的本体熠烁在读者眼前,真是在他以前的德国文学所未尝梦见的,而为世界文学中的粒粒晶珠。

这种崇拜真实生命的态度也表现于他对自然的顶礼。他1782年的《自然赞歌》可为代表。译其大意如下:

自然,我们被他包围,被他环抱;无法从他走出,也无法向他深入。他未得请求,又未加警告,就携带我们加入他跳舞的圈子,带着我们动,直待我们疲倦极了,从他臂中落下。他永远创造新的形体,去者不复返,来者永远新,一切都是新创,但一切也仍旧是老的。他的中间是永恒的生命演进,活动。但他自己并未曾移走。他变化无穷,没有一刻的停止。他没有留恋的意思,停留是他的诅咒,生命是他最美的发明,死亡是他的手段,以多得生命。

歌德这时的生命情绪完全是浸沉于理性精神之下层的永恒活跃的生命本体。

但说到这里,在我们的心影上会涌现出另一个歌德来。

而这歌德的特征是谐和的形式,是创造形式的意志。歌德生活中一切矛盾之最后的矛盾,就是他对流动不居的生命与圆满谐和的形式有同样强烈的情感。他在哲学上固然受斯宾诺莎泛神论的影响;但斯宾诺莎所给予他的仍是偏于生活上道德上的受用,使他紊乱烦恼的心灵得以入于清明。

以大宇宙中永恒谐和的秩序整理内心的秩序,化冲动的私欲为清明合理的意志。但歌德从自己的活跃生命所体验的动的创造的宇宙人生,则与斯宾诺莎倾向机械论与几何学的宇宙观迥然不同。所以歌德自己的生活与人格却是实现了德国大哲学家莱布里兹的宇宙论。宇宙是无数活跃的精神原子,每一个原子顺着内在的定律,向着前定的形式永恒不息的活动发展,以完成实现他内潜的可能性,而每一个精神原子是一个独立的小宇宙,在他里面像一面镜子反映着大宇宙生命的全体。歌德的生活与人格不是这样一个精神原子么?

生命与形式,流动与定律,向外的扩张与向内的收缩,这是人生的两极,这是一切生活的原理。歌德曾名之宇宙生命的一呼一吸。而歌德自己的生活实在象征了这个原则。他的一生,他的矛盾,他的种种逃走,都可以用这个原理来了解。当他纵身于宇宙生命的大海时,他的小我扩张而为大我,他自己就是自然,就是世界,与万物为一体。他或者是柔软地像少年维特，一花一草一树一石都与他的心灵合而为一，森林里的飞禽走兽都是他的同胞兄弟。他或者刚强地察觉着自己就是大自然创造生命之一体，他可以和地神唱道：

  生潮中，业浪里，
  淘上或淘下，
  浮来又浮去！
  生而死，死而葬，
  一个永恒的大洋，
  一个连续的波浪，
  一个有光辉的生长，
  我架起时辰的机杼，
  替神性制造生动的衣裳。

      ——郭沫若译《浮士德》

  但这生活片面的扩张奔放是不能维持的，一个个体的小生命更是会紧张极度而趋于毁灭的。所以浮士德见地神现形那样的庞大，觉得自己好像侏儒一般，他的狂妄完全消失：

> 我，自以为超过了火焰天使，
> 已把自由的力量使自然甦生，
> 满以为创造的生活可以俨然如神！
> 啊，我现在是受了个怎样的处分！
> 一声霹雳把我推堕了万丈深坑。
> ……
> 哦，我们努力自身，如同我们的烦闷，
> 一样地阻碍着我们生长的前程。
>
> ——郭沫若译《浮士德》

生命片面的努力伸张反要使生命受阻碍，所以生命同时要求秩序，形式，定律，轨道。生命要谦虚，克制，收缩，遵循那支配有主持一切的定律，然后才能完成，才能使生命有形式，而形式在生命之中。

> 依着永恒的，正直的
> 伟大的定律，
> 完成着
> 我们生命的圈。
>
> ——摘《神性》

> 一个有限的圈子
>
> 范围着我们的人生，
>
> 世世代代
>
> 排列在无尽的生命的链上。
>
> ——摘《人类之界限》

　　生命是要发扬，前进，但也要收缩，循轨。一部生命的历史就是生活形式的创造与破坏。生命在永恒的变化之中，形式也在永恒的变化之中。所以一切无常，一切无住，我们的心，我们的情，也息息生灭，逝同流水。向之所欣，俯仰之间，已成陈迹。这是人生真正的悲剧，这悲剧的源泉就是这追求不已的自心。人生在各方面都要求着永久；但我们的自心的变迁使没有一景一物可以得暂时的停留，人生飘堕在滚滚流转的生命海中，大力推移，欲罢不能，欲留不许。这是一个何等的重负，何等的悲哀烦恼。所以浮士德情愿拿他的灵魂的毁灭与魔鬼打赌，他只希望能有一个瞬间的真正的满足，俾他可以对那瞬间说："请你暂停，你是何等的美呀！"

　　由这话看来，一切无常的主因是在我们自心的无常，心的无休止的前进追求，不肯暂停留恋。人生的悲剧正是在我们恒变的心情中，歌德是人类的代表，他感到这人生的悲剧特别深刻，他的一生真是息息不停的追求前进，变向无穷。这心的变迁使他最感到苦痛负疚的就是他恋爱心情的变迁，他一生最热烈的恋爱都不能久住，他对每一个恋人都是负心，这种负心的忏悔自诉是他许多最大作品的动机与内容。剧本《瞿支》中，魏斯林根背弃玛丽亚；剧本《浮士德》中，浮士德遗弃垂死的玛甘泪于狱中，是歌德最明显最沉痛的自诉。但他的生活情绪不停留地前进使他不能不负心，使他不能安于一范围，狭于一境界而不向前开辟生活的新领域。所以歌德无往而不负心，他弃掉法律投入文学，弃掉文学投入政治，又逃脱政治走入艺术科学，他若不负心，他不能尝遍全人生的各境地，完成一个最人性的人格。他说：

你想走向无尽么？
你要在有限里面往各方面走！

然而这个负心现象，这个生活矛盾，终是他生活里内在的悲剧与问题，使他不能不努力求解决的。这矛盾的调解，心灵负疚的解脱，是歌德一生生活之意义与努力。再总结一句，歌德的人生问题，就是如何从生活的无尽流动中获得谐和的形式，但又不要让僵固的形式阻碍生命前进的发展。这个一切生命现象中内在的矛盾，在歌德的生活里表现得最为深刻。他的一切大作品也就是这个经历的供状。我们现在再从歌德的文艺创作中去寻歌德的人生启示与这问题最后的解答。

二、歌德文艺作品中所表现的人生与人生问题

我们说过，歌德启示给我们的人生是扩张与收缩，流动与形式，变化与定律；是情感的奔放与秩序的严整，是纵身大化中与宇宙同流，但也是反抗一切的阻碍压迫以自成一个独立的人格形式。他能忘怀自己，倾心于自然，于事业，于恋爱；但他又能主张自己，贯彻自己，逃开一切的包围。歌德心中这两个方面表现于他生平一切的作品中。他的剧本《瞿支》《塔索》，他的小说《少年维特之烦恼》，是表现生命的奔放与倾注，破坏一切传统的秩序与形式。他的《伊菲格尼》与叙事诗《赫尔曼与多罗蒂》等，则内容外形都表现最高的谐和节制，以圆融高朗的优美的形式调解心灵的纠纷冲突。在抒情诗中他的《卜罗米陀斯》是主张人类由他自己的力量创造他的生活的领域，不需要神的援助，否认神的支配，是近代人生思想中最伟大的一首革命诗。但他在《人类之界限》《神性》等诗中

则又承认宇宙间含有创造一切的定律与形式，人生当在永恒的定律与前进的形式中完成他自己；但人生不息的前进追求，所获得的形式终不能满足，生活的苦闷由此而生。这个与歌德生活中心相终始的问题则表现于他毕生的大作《浮士德》中。《浮士德》是歌德全部生活意义的反映，歌德生命中最深的问题于此表现，也于此解决。我们特别提出研究之。

浮士德是歌德人生情绪最纯粹的代表。《浮士德》戏剧最初本，所谓"原始浮士德"的基本意念是什么？在他下面的两句诗：

我有敢于入世的胆量，
下界的苦乐我要一概担当。

浮士德人格的中心是无尽的生活欲与无尽的知识欲。他欲呼召生命的本体，所以先用符咒呼召宇宙与行为的神。神出现后，被神呵斥其狂妄，他认识了个体生命在宇宙大生命面前的渺小。于是乃欲投身生命的海洋中体验人生的一切。他肯定这生命的本身，不管他是苦是乐，超越一切利害的计较，是有生活的价值的，是应当在他的中间努力寻得意义的。这是歌德的悲壮的人生观，也是他《浮士德》

诗中的中心思想。浮士德因知识追求的无结果，投身于现实生活，而生活的顶点，表现于恋爱，但这恋爱生活成了悲剧。生活的前进不停，使恋爱离弃了浮士德，而浮士德离弃了玛甘泪，生活成了罪恶与苦痛。《浮士德》的剧本从原始本经过1790年的残篇以至第一部完成，他的内容是肯定人生为最高的价值，最高的欲望，但同时也是最大的问题。初期的《浮士德》剧本之结局，窥歌德之意是倾向纯悲剧的。人生是将由他内在的矛盾，即欲望的无尽与能力的有限，自趋于毁灭，浮士德也将由生活的罪过趋于灭亡，生活并不是理想而是诅咒。但歌德自己生活的发展使问题大变，他在意大利获得了生命的新途径，而剧本中的浮士德也将得救。在1797年的《浮士德》中的天上序曲里，魔鬼梅菲斯特诅咒人生真如歌德自己原始的意思，但现在则上帝反对梅菲斯特的话，他指出那生活中问题最多最严重的浮士德将终于得救。这个歌德人生思想的大变化最值得注意，是我们了解浮士德与歌德自己的生活最重要的钥匙。

我们知道"原始浮士德"的生活悲剧，他的苦痛，他的罪过，就是他自己心的恒变，使他对一切不能满足，对一切都负心。人生是个不能息肩的重负，是个不能驻足的前奔。这个可诅咒的人生在歌德生活的进展中忽然得着价值的重新估定。人生最可诅咒的永恒流变一跃而为人生最高贵的意义与价值。人生之得以解救，浮士德之得以升天，正赖这永恒的努力与追求。浮士德将死前说出他生活的意义是永远的前进：

在前进中他获得苦痛与幸福，
他这没有一瞬间能满足的。

而拥着他升天的天使们也唱道：

惟有不断的努力者
我们可以解脱之！

原本是人生的诅咒，那不停息的追求，现在却变成了人生最高贵的印记。人生的矛盾苦痛罪过在其中，人生之得救也由于此。

我们看浮士德和魔鬼梅菲斯特订契约的时候，他是何等骄傲于他的苦闷与他的不满足。他说他愿毁灭自己，假使人生能使他有一瞬间的满足而愿意暂停留恋。梅菲斯特起初拿浅薄的人世享乐来诱惑他，徒然使他冷笑。

以前他愿意毁灭，因为人生无价值；现在他宁愿毁灭，假使人生能有价值。这是很大的一个差别，前者是消极的悲观，后者是积极的悲壮主义。前者是在心理方面认识，一切美境之必然消逝；后者是在伦理方面肯定，这不停息的追求是人生之意义与价值。将心理的必然变迁改造成意义丰富的人生进化，将每一段的变化经历包含于后一段的演进里，生活愈益丰富深厚，愈益广大高超，像歌德从科学艺术政治文学以及各种人生经历以完成他最后博大的人格。歌德的象征浮士德也是如此，他经过知识追求的幻灭走进恋爱的罪过，又从真美的憧憬走回实际的事业。每一次的经历并不是消磨于无形，乃是人格演进完成必要的阶石：

你想走向无尽么？
你要在有限里面往各方面走！

有限里就含着无尽，每一段生活里潜状着生命的整个与永久。每一刹那都须消逝，每一刹那即是无尽，即是永久。我们懂了这个意思，我们任何一种生活都可以过，因为我们可以由自己给予它深沉永久的意义。《浮士德》全书最后的智慧即是：

一切生灭者
皆是一象征。

在这些如梦如幻流变无常的象征背后潜伏着生命与宇宙永久深沉的意义。

现在我们更可以了解人生中的形式问题。形式是生活在流动进展中每一阶段的综合组织，它包含过去的一切，成一音乐的和谐。生活愈丰富，形式也愈重要。形式不但不阻碍生活，限制生活，乃是组织生活，集合生活的力量。老年的歌德因他生活内容过分的丰富，所以格外要求形式、定律、克制、宁静，以免生活的分崩而求谐和的保持。这谐和的人格是中年以后的歌德所兢兢努力惟恐或失的。他的诗句：

人类孩儿最高的幸福
就是他的人格！

流动的生活演进而为人格，还有一层意义，就是人生的清明与自觉的进展。人在世界经历中认识了世界，也认识了自己，世界与人生渐趋于最高的和谐；世界给予人生以丰富的内容，人生给予世界以深沉的意义。这不是人生问题可能的最高的解决么？这不是文艺复兴以来，人类失了上帝，失了宇宙，从自己的生活的努力所能寻到的人生意义么？

浮士德最初欲在书本中求智慧，终于在人生的航行中获得清明。他人生问题的解决我们可以说：

人当完成人格的形式而不失去生命的流动！生命是无尽的，形式也是无尽的，我们当从更丰富的生命去实现更高一层的生活形式。

这样的生活不是人生所能达到的最高的境地么？我们还能说人生无意义无目的么？歌德说：

人生，无论怎样，他是好的！

歌德的人生启示固然以《浮士德》为中心，但他的其他创作都是这种生活之无限肯定的表现。尤其是他的抒情诗，完全证实了我们前面所说的歌德生活的特点：

他一切诗歌的源泉，就是他那鲜艳活泼，如火如荼的生命本体。而他诗歌的效用与目的却是他那流动追求的生命中所产生的矛盾苦痛之解脱。他的诗，一方面是他生命的表白，自然的流露，灵魂的呼喊，苦闷的象征。他像鸟儿在叫，泉水在流。他说："不是我作诗，是诗在我心中歌唱。"所以他诗句的节律里跳动着他自己的脉搏，活跃如波澜。他在生活憧憬中陷入苦闷纠缠，不能自拔时，他要求上帝给他一支歌，唱出他心灵的沉痛，在歌唱时他心里的冲突的情调，矛盾的意欲，都醇化而升入节奏，形式，组合成音乐的谐和。混乱浑沌的太空化为秩序井然的宇宙，迷途苦恼的人生获得清明的自觉。因为诗能将他纷扰的生活与刺激他生活的世界，描绘成一幅境界清朗，意义深沉的图画（《浮士德》就是这样一幅人生图画）。这图画纠正了他生活的错误，解脱了他心灵的迷茫，他重新得到宁静与清明。但若没有热烈的人生，何取乎这高明的形式。所以我们还是从动的方面去了解他诗的特色。歌德以外的诗人的写诗，大概是这样：一个景物，一个境界，一种人事的经历，触动了诗人的心。诗人用文字，音调，节奏，形式，写出这景物在心情里所引起的澜漪。他们很能描绘出历历如画的境界，也能表现极其强烈动人的情感。但他们一面写景，一面叙情，往往情景成了对待。且依人类心理的倾向，喜欢写景如画，这就是将意境景物描摹得线清条楚，轮廓宛然，恍如目睹的对象。人类之诉说内心，也喜欢缕缕细述，说出心情的动机原委。虽莎士比亚、但丁的抒情诗，尽管他们描绘的能力与情感的白热，有时超过歌德，但他们仍未能完全脱离这种态度。歌德在人类抒情诗上的特点，就是根本打破心与境的对待，取消歌咏者与被歌咏者中间的隔离。他不去描绘一个景，而景物历落飘摇，浮沉隐显在他的词句中间。他不愿直说他的情意；而他的情意缠绵，婉转流露于音韵节奏的起落里面。他激昂时，文字境界节律音调无不激越兴起；他低徊留恋时，他的歌辞如泣如诉，如怨如慕，令人一往情深，不能自己，忘怀于诗人与读者之分。王国维先生说诗有隔与不隔的差别，歌德的抒情诗真可谓最为不隔的。他的诗中的情绪与景物完全融合无间，他的情与景又同词句音节完全融合无间，所以他的诗也可以同我们读者的心情完全融合无间，极尽浑然不隔的能事。然而这个心灵与世界浑然合一的情绪是流动的，飘渺的，绚缦的，音乐的；因世界是动，人心也是动，诗是这动与动接触会合时的交响曲。所以歌德诗人的任务首先是努力改造社会传统的，用旧了的文字词句，以求能表现出这新的动的人生与世界。原来我们人类的名词概念文字，是我们把捉这流动世界万事万象的心之构造物；但流动不居者难以捉摸，我们人类的思想语言天然地倾向于静止的形态与轮廓的描绘，历时愈久，文字愈抽象，并这描绘轮廓的能力也将失去，遑论作心与景合一的直接表现。歌德是文艺复兴以来近代的流动追求的人生最伟大的代表（所谓浮士德精神）。他的生命，他的世界是激越的动，所以他格外感到传统文字不足以写这纯动的世界。于是他这位世界最伟大的语言创造的天才，在德国文字中创造了不可计数的新字眼，新句法，以写出他这新的动的人生情绪。（歌德他不仅是德国文学上最大诗人，而且是马丁·路德以后创新德国文字最重大的人物。现代继起努力创新与美化德国文字的大诗人是斯蒂芬·盖阿格。）他变化无数的名词为动词，又化此动词为形容词，以形容这流动不居的世界。例如"塔堆的巨人"（形容大树）、"塔层的远"、"影阴着的湾"、"成熟中的果"等等，不胜枚举，且不能译。他又熔情入景，化景为情，融合不同的感官铸成新字以写难状之景，难摹之情。因为他是以一整个的心灵体验这整个的世界（新字如"领袖的步""云路""星眼""梦的幸福""花梦"等等也是不能有确切的中译，虽然诗意发达极高的中国文词颇富于这类字眼），所以他的每一首小诗都荡漾在一种浩瀚流动的气氛中，像宋元画中的山水。不过西方的心灵更倾向于活动而已。我们举他一首《湖上》诗为例。歌德的诗是不能译的，但又不能不勉强译出，力求忠于原诗，供未能读原文者参考。

湖上[1]

并且新鲜的粮食,新鲜的血
我吸取自自由的世界:
自然何等温柔,何等的好,
将我拥在怀抱。
波澜摇荡着小船
在击桨声中上前,
山峰,高插云霄,
迎着我们的水道。

眼睛,我的眼睛,你为何沉下了?
金黄色的梦,你又来了?
去罢,你这梦,虽然是黄金,
此地也有生命与爱情。

在波上辉映着
千万飘浮的星,
柔软的雾吸饮着
四围塔层的远。

---

[1] 1775年瑞士湖上作,时方逃出丽莉(Lili)姑娘的情网(按:姑娘原名 Elise von Schlndman,嫁Tuv Kbeim氏)。——原注

晓风翼覆了

影阴着的湾,

渐中影映着

成熟中的果。

开头一句"并且新鲜的粮食,新鲜的血,我吸取自自由的世界。……"就突然地拖着我们走进一个碧草绿烟柔波如语的瑞士湖上。开头一字用"并且"(德文 Und 即英文 And)将我们读者一下子就放在一个整个的自然与人生的全景中间。"自然何等温柔,何等的好,将我拥在怀抱。"写大自然生命的柔静而自由,反观人在社会生活中受种种人事的缚束与苦闷,歌德自己在丽莉小姐家庭中礼仪的拘束与恋爱的包围,但"自然"是人类原来的故乡,我们离开了自然,关闭在城市文明中烦闷的人生,常常怀着"乡愁"想逃回自然慈母的怀抱,恢复心灵的自由。"波澜摇荡着小船,在击桨声中上前……"两句进一步写我们的状况。动荡的湖光中动荡的波澜,摇动着我们的小船,使我们身内身外的一切都成动象,而击桨的声音给予这流动以谐和的节奏。"上前"遥指那"山峰,高插云霄,迎着我们的水道……"自然景物的柔媚,勾引心头温馨旖旎的回忆。眼睛低低沉下,金黄色的情梦又浮在眼帘。但过去的情景,转眼成空,不堪回首,且享受新获着的自由罢!自然的丽景展布在我们的面前:"在波上辉映着千万飘浮的星……"短短的几句写尽了归舟近岸时的烟树风光。全篇荡漾着波澜的闪耀,烟景的飘渺,心情的旖旎,自然与人生谐和的节奏。但歌德的生活仍是以动为主体,个体生命的动热烈地要求着与自然造物主的动相接触,相融合。这种向上追求的激动及与宇宙创造力相拥抱的情绪表现在《格丽曼》(*Ganymed*)一诗中(希腊神话中,格丽曼为一绝美的少年王子。天父爱惜之,遣神鹰攫去天空,送至阿林比亚神人之居)。

格丽曼

你在晓光灿烂中,
怎么这样向我闪烁,
亲爱的春天!
你永恒的温暖中,
神圣的情绪,
以一千倍的热爱
压向我的心,
你这无尽的美!

我想用我的臂,
拥抱着你!

啊,我睡在你的胸脯,
我焦渴欲燃,
你的花,你的草,
压在我的心前。
亲爱的晓风,
吹凉我胸中的热,
夜莺从雾谷里,
向我呼唤!
我来了,我来了,
到那里?到那里?

向上,向上去,
云彩飘流下来,
飘流下来,
俯向我热烈相思的爱!

向我,向我,
我在你的怀中上升!

拥抱着被拥抱着！
升上你的胸脯！
爱护一切的天父！

这首诗充分表现了歌德热情主义唯动主义的泛神思想。但因动感的激越，放弃了谐和的形式而流露为生命表现的自由诗句，为近代自由诗句的先驱。然而这狂热活动的人生，虽然灿烂，虽然壮阔，但激动久了，则和平宁静的要求油然而生。这个在生活中倥偬不停的"游行者"也曾急迫地渴求着休息与和平。

游行者之夜歌（二首）

一

你这从天上来的
宁息一切烦恼与苦痛的；
给与这双倍的受难者
以双倍的新鲜的，
啊，我已倦于人事之倥偬！
一切的苦乐皆何为？
甜蜜的和平！
来，啊，来到我的胸里！

二

一切山峰上
是寂静,
一切树杪中
感不到
些微的风;
森林中众鸟无音。
等着罢,你不久
也将得着安宁。

歌德是个诗人,他的诗是给予他自己心灵的烦扰以和平以宁静的。但他这位近代人生与宇宙动象的代表,虽在极端的静中仍潜示着何等的鸢飞鱼跃!大自然的山川在屹然峙立里周流着不舍昼夜的消息。

海上的寂静

深沉的寂静停在水上。
大海微波不兴。
船夫瞅着眼,
愁视着四面的平镜。

空气里没有微风!
可怕的死的寂静!
在无边寥廓里,
不摇一个波影。

　　这是歌德所写意境最静寂的一首诗。但在这天空海阔晴波无际的境界里绝不真是死,不是真寂灭。他是大自然创造生命里"一刹那倾静的假象"。一切宇宙万象里有秩序,有轨道,所以也启示着我们静的假象。

　　歌德生平最好的诗,都含蕴着这大宇宙潜在的音乐。宇宙的气息,宇宙的神韵,往往包含在他一首小小的诗里。但他也有几首人生的悲歌,如《威廉传》中《弦琴师》与《迷娘》(Mignon)的歌曲,也深深启示着人生的沉痛,永久相思的哀感:

弦琴师(歌曲)

谁居寂寞中?
嗟彼将孤独。
生人皆欢笑,
留彼独自苦。

嗟乎，请君让我独自苦！
我果能孤独，
我将非无侣。

情人偷来听，
所欢是否孤无侣？
日夜偷来寻我者，
只是我之忧，
只是我之苦。
一旦我在坟墓中，
彼始让我真无侣！

迷娘（歌曲）

谁人识相思？
乃解侬心苦，
寂寞而无欢，
望彼天一方，
爱我知我人。
呜呼在远方，
我头昏欲眩，
五脏焦欲燃，

> 谁解相思苦,
> 乃识侬心煎。

歌德的诗歌真如长虹在天,表现了人生沉痛而美丽的永久生命,他们也要求着永久的生存:

> 你知道,诗人的词句
> 飘摇在天堂的门前,
> 轻轻地叩着
> 请求永久的生存。

而歌德自己一生的猛勇精进,周历人生的全景,实现人生最高的形式,也自知他"生活的遗迹不致消磨于无形"。而他永恒前进的灵魂将走进天堂最高的境域,他想象他死后将对天门的守者说:

> 请你不必多言,
> 尽管让我进去!
> 因为我做了一个人,
> 这就说曾是一个战士!

1932年3月为歌德百年忌日所写,原载天津《大公报》文学副刊第220至第222期,1932年3月21日、28日、4月4日刊登。

歌德的《少年维特之烦恼》

　　我们的世界是已经老了！在这世界中任重道远的人类已经是风霜满面，尘垢满身。他们疲乏的眼睛所看见的一切，只是罪恶，机诈，苦痛，空虚。但有时会有一位真性情的诗人出世，禀着他纯洁无垢的心灵，张着他天真莹亮的眼光，在这污浊的人生里重新掘出精神的宝藏，发现这世界崭然如新，光明纯洁，有如世界创造的第一日。这时不只我们的肉眼随着他重新认识了这个美洁庄严的世界，尤其我们的心情也会从根基深处感动得热泪迸流，就像浮士德持杯自鸩时猛听见教堂的钟声，重复感触到他童年的世界，因为他又来复了童年的天真！

　　少年歌德是这样的一个诗人，少年维特是这样的一个心灵。他是歌德人格中心一个方向的表现与结晶。所以《少年维特之烦恼》同《浮士德》一样，是歌德式的人生与人格内在的悲剧，它不是一部普通的恋爱小说，它的价值，就基础于此。

我们知道歌德式的人生内容是生活力的无尽丰富，生活欲的无限扩张，彷徨追求，不能有一个瞬间的满足与停留。因此苦闷烦恼，矛盾冲突，而一个圆满的具体的美丽的瞬间，是他最大的渴望，最热烈的要求。

但是这个美满的瞬间设若果真获得了，占有了，则又被他不停息的前进追求所遗弃，所毁灭，造成良心上的负疚，生活上的罪过。浮士德之对于玛甘泪就是这样的一出悲剧。这也就是歌德写《浮士德》的一大忏悔。但是设若这个美满的瞬间，浮在眼前，捕捉不住，种种原因，不能占有，而歌德式热狂的希求，不能自己，则终竟惟有如膏自焚，自趋毁灭，人格心灵的枯死，倒不在乎自杀不自杀的了。

《少年维特之烦恼》就是歌德在文艺里面发挥完成他自己人格中这一悲剧的可能性，以使自己逃避这悲剧的实现。歌德自己之不自杀，就因他在生活的奔放倾注中有悬崖勒马的自制，转变方向的逃亡。他能化泛滥的情感为事业的创造，以实践的行为代替幻想的追逐。

歌德生活的扩张，本有积极的与消极的两方面。积极的方面表现于反抗一切传统缚束以伸张自我的精神。这种精神所遇到的阻碍与悲剧表现于他的《瞿支》《卜罗米陀斯》《格丽曼》等作品中，尤其在《浮士德》的第一幕因无限知识欲的不能满足而欲自杀，这是一个倔强者积极者的悲剧。而在少年维特则是歌德无尽的生活力完全溶化为情感的奔流，这热情的泛溢使他不能控制世界，控制自己，而毁灭了自己。

少年维特是世界上最纯洁，最天真，最可爱的人格，而却是一个从根基上动摇了的心灵。他像一片秋天的树叶，无风时也在颤栗。这颗颤摇着的心，具有过分繁富的心弦，对于自然界人生界一切天真的音响，都起共鸣。他以无限温柔的爱笼罩着自然与人类的全部，一切尘垢不落于他的胸襟。他以真情与人共忧共喜，尤爱天真活泼的小孩与困苦中的人们。但他这个在生活中的梦想者，满怀清洁的情操，禀着超越的理想，他设若与这实际人事界相接触，他将以过分明敏的眼光，最深感觉的反应，惊讶这世界的虚伪与鄙俗。我们读少年维特的头几章，就会预感着这样的一个心灵是不能长存于这个坚硬冷酷的世界的。他一走进实际人生，必定要随处触礁而沉没的。少年维特的悲剧是个人格的悲剧，他纯洁热烈的人格情绪将如火自焚，何况还要遇着了绿蒂？

绿蒂是个与维特正相反的个性，她的幽娴贞静，动作的和谐，能在平凡狭小的生活中表现优美与和平；窈窕的姿态，使一切世俗琐碎皆化成和美的音乐。她的自足，她的圆满，虽然规模狭小，却与那在无尽追求中心灵不安定的维特成了个反衬。所以她成了维特漂泊人生中的仙岛，情海狂涛里的彼岸。他自己所最缺乏而希求不到的圆满宁静与和谐，于此具体实现。她是他解脱的导星，吸引向上的永久女性。而他的这个生活上唯一的希望，唯一的寄托，却可望而不可即，浮在眼前，却不能占有。心灵愈益彷徨憔悴，枯竭，则不死何待？

何况即使是美满的瞬间能以实现，而维特式歌德式向前无尽的追求终将不能满足，又将舍而之他，造成良心上的负疚，生活上的罪恶与苦痛，则浮士德的中心问题又来了！

所以《少年维特之烦恼》与《浮士德》同是歌德人格中心及其问题的表现。它不是一部普通的恋爱小说，它启示着人生深一层的境界与意义。我们现在再来看一看这本书的艺术方面。这本书是歌德从生活上的苦痛经历中一口气写出的。内容与体裁，形式与生命成一个整体。所以我们要知道了他内容的故事与故事中的意义，然后才能完全了解他艺术的外形。所以我们先叙述一下这本小说内容的大概，然后再观察它的体裁形式与描写的技术。

书中的主人是一个绝顶聪明，纯洁多情的少年，性质类似少年歌德，不过还更多感更温柔更软弱些。他的软弱并不是道德的自制的情操比他人不足，乃是热烈深挚的情绪与感受性过分的浓郁。他的愉快与痛苦都较常人深一层。他的热情已临近疯狂。他像一个白日做梦者走过这世界，光明与惨暗都是他自己心情的反射。他爱天然，爱自由，爱真性情，爱美丽的幻想。他最恨的是虚伪的礼教，古板的形式，庸俗的成见。社会上的人物劳碌于琐碎无意义的事业，他都看不起。宇宙太伟大了，自然太美丽了，人为的一切，徒然缚束心灵，磨灭天性，算得什么？但他自己虽无兴趣于世俗琐事，却不是懒惰。他内心生活的飞跃，思想与情绪汹涌于胸际，息息不停。他的闲暇，全都用于观察一切，思索一切，尤在分析自己——以至毁灭了自己！

在春光明媚的五月，这个光明美丽的心灵来到一个新鲜的客地。他完全浸沉于大自然的生命中，就像一只蝴蝶在香海里遨游。荷马的古典诗歌使他心地宁静庄严。小孩儿与平民的接触使他和悦天真。他的心情像一个春天的早晨，清朗而新鲜，精神愉快而纯洁，使我们读者也觉心花开放，感到一种青春光明的人生意义。在这少年心灵的太空中不是完全没有暗淡的愁云轻轻掠过，但他自信随时可以自由脱离尘世，不足为虑。然而我们已经感着他人格根性上的悲观,而一种不祥的预兆已触动我们的心。我们觉着这个可爱少年心灵的组织太纤细温柔了,是不宜于这世间的。

于是从五月到六月,他在一个跳舞会里认识了绿蒂,而他全部的灵魂一下子就堕入情网。他飘浮在恋爱的愉快中,也不管绿蒂是已经与人订了婚的。绿蒂的家庭与小孩儿们都欢迎他,他就无日不去陪伴她。他崇拜绿蒂如天人,一切与她接触过的,带着她的氛围气的,对于他都是神圣。这是他最光明最愉快的日子。自然界也以晴光暖翠掩映于他们的情爱中。但是到了七月终,绿蒂的未婚夫来了,维特从甜梦中惊醒,他想走开让他。但阿培尔是个好人,并不猜妒,对维特态度甚佳。于是维特自哄自的不听他朋友威廉的函劝,徘徊流连而不言去。

但是他以前纯真的天趣已渐失了,心胸里开始矛盾了,情感与理智开始冲突了。他还常往自然里走动,而这慈母的自然对于他已不复是宁静与安慰。以前大自然是个无尽生命新鲜活跃的场所,现在却变成了一座无边惨淡的无底坟墓。他认识了自己矛盾的现状,却没有力量超脱,只有望着黑暗的未来流泪。他已经想到自杀。在八月三十日写给威廉的信中说:"我看这苦痛的终局只有坟墓。"他的朋友威廉劝他走开,他终于振作起来,于九月十一日离开他这快乐与烦恼的地方。这是第一篇的终结。第二篇开始——十月二十日——维特在使馆里任职了。他过得很好。远离着绿蒂,有秩序的工作使他心灵和静。但又来了别的刺激使他不快。公使是个拘谨执着的人,他不满意维特文字的自由风格,他要维特修改他的句法。他表示得很不客气,这种贵族社会里的浅薄,傲慢的等级观念,使他难堪。于是一年过了,在第二年的二月间他得知阿培尔与绿蒂的结婚,他写了一封很有礼很同情的信贺他们,他只希望在绿蒂的心中占第二座位置。我们对于他觉得很有希望。但到了三月的中间一种意外的事情使他非常难受,极端损害他的自尊心。有一位伯爵请他去吃午饭,饭后他谈话流连不知去,不觉到了晚间。他陪着一位他很乐意陪的小姐在客厅里。而晚间伯爵是宴请一班贵族社会的客人,伯爵见维特忘形不去,只好催他走开。这种事情立刻传播于宴会间,而那位小姐的姑母很责备她不应下交维特。维特受了这个刺激,就向使馆辞职。他本来是不宜于这个社会这种职业的,何况又受了这个侮辱,他失恋的心情又加上自尊心的损害真是不堪的了。

于五月间应了一位公爵的召请投奔于他,而公爵待他虽很好,却是一位庸俗无味的人。他感到异常无聊。他想去从军而公爵劝阻了他。他留住下过了六月,终于顺从心的不可抵抗的要求,奔赴着旧的命运,他回往绿蒂处!

绿蒂与阿培尔很欢迎他,但是他发现这个世界已大变了,因为他现在的心情不复是从前的心情了,自然界对于他不复是活跃和谐的生命,而变成类似剧台上机械的布景。他自己丰富美丽的心泉已经枯竭。荷马诗里光明的世界已不感兴趣,而爱浸沉于变相的哀调中寂寞惨淡暗雾朦胧的北欧诗境。绿蒂与阿培尔幸福么?阿培尔愈过愈成一个干燥、拘束、在繁多职务里烦闷的人。绿蒂做了一个忠实干练的家庭主妇。她也觉得维特心灵的灰暗,不能复得愉快的共鸣。她谨守着她的内心情感,不使流露于外。维特以极注意极灵敏的感觉捕捉绿蒂无意中表现的同情,就像一个沉没海水中的人挣命捉住一点木板,绿蒂的同情与了解是他世界中唯一的安慰,唯一的依赖。他更不能离开这个地方了。他的前途十分渺茫,他在社会上的地位与自尊心已经破灭。生活的力量已经颓丧,恋爱已经绝望。心灵的枯死,仅待肉体的自杀了。自杀的念头日强一日,对自杀感到有神圣的光辉。自杀是解脱肉体返归于万有的慈父唯一的出路。于是经过十一月及十二月的大半,外界景象愈枯寂,暗淡,心里更抱死念。他意已决了!但头一天尚欲见绿蒂一面。她碰着他一个人在屋内,使她非常不安。为着排遣此紧张的可怕的时间,她请他译读莪相的《哀歌》。

可尔玛与阿尔品悼亡的哀调使他们泪如泉涌。稍停一会，再继续念道：

> 我的哀时已近，
> 狂风将到，
> 吹打我的枝叶飘零！
> 明朝有位行人，
> 他是见过我韶年时分，
> 他会来，会来，
> 他的眼儿在这原野中四处把我找寻，
> 可是我已无踪影……

这诗句的凄哀正映着他自己的命运，他完全失了自制力，他失望到了极点，他跪倒在绿蒂的面前，紧握她的两手，压着自己的眼睛与头额。绿蒂伤心而怜惜着他，俯身就他，而他就发狂拥着她接吻，庄重的绿蒂推开了他，他于次晚自杀。

我们以紧张的同情读完这本朴质凄美的长诗，一个高尚热情的青年，在我们眼前顺着他内心的命运毁灭了自己。我们二十世纪唯物冷静的头脑读了也要感动，何况多情伤感的狂飙时代！

但是这书内容的人生表现固然有甚深的意义，不是一部平常恋爱小说，然若非诗人用他精妙而极自然的艺术描写，也不能成功这本空前的杰作。我们现在再从艺术方面观察这书：

我们先研究这书的体裁形式。全书是写一个青年内心生活的发展，自然界的种种都是这内心的反映，所以这本书写的是一幅一幅心灵的图画，情绪的音乐。内心生活固然紧张，但若欲写一个剧本，则嫌书中主角不是一个对世界或命运的强力挣扎或抵抗者，戏剧式的冲突与纠纷尚嫌不足。这书的内容最富有抒情的诗意，但若欲写成一篇诗，则这故事中又确有一个中心的冲突与纠纷（恋爱与道义，个性与社会，人格与世界的冲突）。这书的主体仍是一个Crisis①，况歌德的抒情诗，纯然是心情状态之外化为音调词句，是表现恋爱已得的愉快，或已失的痛苦，不是描述这从得而至失的经过。故少年维特之心灵生活的发展与毁灭，极应得一小说式的叙述。然又将嫌事情的外表太简，所写多为内心情感的状态，应有一种介乎叙述与抒情两者中间的文体。于是歌德发现了书信的体裁。在歌德以前法国文豪卢梭已用信札体写他的小说《新哀绿绮思》，在文坛上大放光彩。它是人们的情感与直觉生活从十八世纪理

---

① Crisis，英文，转折点。

知主义解放了后自由表现自己的新工具，新形式。这个新工具到了歌德天才的手里才尽量发挥它的效用。

这信札体的优点何在？它不似其他任何一种文体的严格形式。它既能委婉地叙事如一段小说，也能随意地抒情如一篇诗，又能自由发挥思想如哲理的小品文，但又不似诗或小说所叙述的对象限于一个时间性。在一封信中可以追忆往景，描绘目前，感想未来。小说或诗须注意一事一境之连贯继续的发展。而信札则极自由，可以述自己，也可同时谈他人，可以写风景，谈哲理，泻情绪。写信时有个受信的"你"在对方，于是要把自己的情绪状态客观化，以客观的态度把自己在对方瞩照的眼里呈现，而同时又流露着与对方之人的关系。歌德运用这自由美妙的工具在一本小小书里绘景写情，发表思想，一个多情深思的青年由此充分表出。这写信的主体人格贯穿着这丰富的多方面成一音乐的和谐。而我们同时可站在受信者地位窥见维特心灵的内部秘密有如细腻的图画。

这个写信的维特即是在恋爱生命中苦痛的歌德，而这受信的"你"即是超脱了自己而观照着自己的诗人歌德。这诗情的小说使歌德从生活的苦痛中解放，化身为脱然事外勉慰自己的"威廉"（即受信者）。

这信札的文体用最简单朴素的写法，给予吾人繁富的景、情、思想的合奏。在这本小小书中一会儿引着我们踏进伟大广阔的自然,同时又领导我们流连于酒店炉边,徘徊于古典风味的井泉林下,或游于牧师的静美的园中,或在绿蒂众妹弟小孩们的房内。一会儿又使我们欣赏伯爵富丽的厅堂,但也让我们领略简陋不堪的村店旅舍。

我们读这本小书时,历过四季时令的自然风色。春天的繁花灿烂,夏季浓绿阴深,秋风里的落叶萧瑟,冬景的阴惨暗淡。此外浓烈的日光,幽美的月景,黑夜,雾,雷,雨,雪,一切自然景象,而此自然各景皆与维特心情的姿态相反映,相呼应,成为情景合一的诗境。

景物之外有人格个性的描写。少年维特是最引人同情的一个高贵,纯洁,优美,却又不是假想的人格,是有血有肉,好像我们自己认识亲爱的一个朋友,每一个聪明优秀的青年都会有一个维特时期。尤其在近代文明一切男性化、物质化、理知化、庸俗化、浅薄化的潮流中,维特是一些尚未同化、尚未投降于这冷酷社会的青年爱慕怀恋的幻影。而他的悲惨的命运更使人不能忘怀,有无限的悼念。

与这过分伤感、临于病态的多情少年相对照的即是那健康的、端庄的、愉快的、现实的,能在狭小范围中满足而美化她周围一切的绿蒂。在这两位主角之外还有忠实正直而微嫌干燥的阿培尔,一个爱美的公爵,倨傲狭隘的贵族社会，拘谨的官员；心善而量窄的牧师们，好的妇人，窈窕的小姐们，尤其可爱的一群活泼小孩们的画像。这些人在书中并没有许多故事，情节，但却描绘得生命丰满。像荷兰大画家写些极平常的人物，却能引人入胜，令人欣赏。

从情感的抒写方面说，则全书是写一青年从平静和悦，浸沉于大自然的愉快里走进恋爱生活的陶醉。然后又从恋爱纠纷的苦痛里，感到心灵的彷徨，动摇。再加在社会上自尊心的受刺激，遂至沉沦于人生的怀疑，精神的破产，而以肉体的自杀告终。是一首哀艳凄美的诗，一曲情调动人的音乐。

在这情与景的灿烂的描绘以外，在全书内尚遍布着许多真诚的，解放的，高超的思想。这是由心灵真挚的体会里迸出的微妙深刻的思想。对于人生，自然，艺术，他都有不同流俗的见解。这实为当时狂飙运动里潜伏在人人的心灵中，尤在青年热情的心理中的思想趋势，而歌德竟能如此美妙地写出。而且在这书内用了朴直，纯洁，高贵的文笔，如口说一般的写出。

这些思想里许多对于人生、世界、善恶、规律与自然、欲望与义务等等永久的问题，引着我们从无限的"永久的"立场观照这小说中的人生与世界，而能对一切有深一层的体会与谅解。

最后，最动人的，每一页每一句呼吸着何等的生命与热烈！何等的自然与真挚！文笔风格甚高，却自然如口语。我们觉得在与人对语，很亲热，很聪明，有时作长谈，委婉曲折，而极其自在。而这书的笔调完全适合情调，有时崇高的口气谈着宇宙人生问题，有时单纯朴质写着静美的境界。有长函，有短简，有时幽冷如隽语，雅致如小诗，有时紧张如剧本，雄浑如颂歌。这本信札小说灼烁于各式风格中，而自成一综合的乐曲。

我们于百余年后读这本书有这样的感动；当时在暴风雨欲来的时代，一切苦痛，压迫，不自然，不自由的情调散布着悲观笼罩全世，歌德感触最深，表白得最沉痛，为一代的喉舌，则当时影响之大可想而知了！

原载《歌德之认识》，南京钟山书局，1933年出版

席勒的人文思想

英国大文豪卡莱尔称德国民族是"诗人与思想家的民族"。德国两大诗人歌德与席勒确可以称为大思想家；尤以席勒的好学深思，哲学论著精深严密，简直可以列入德国哲学家之林。他的人文主义是德国古典时代人文思想的精髓，他的美育论是美学上不朽的大作。现在要想在此略略介绍也是不可能的，只能提要地说几句罢了。

席勒的伟大的朋友歌德的思想是穿过"自然的研究"与"自然的景仰"，直探人生与自然的究竟。其眼光博大闳深，笼罩在万物之上。席勒则由艺术家自身创造经验的体会，探求文化创造的真谛，其兴趣在人生问题、文化问题，尤在研究"艺术在人生与文化上的地位"。

歌德与席勒生处18世纪的末年，深深地感触近代人生生活的分裂。极端的理智主义与纵欲主义使人类逐物忘返，事业分功的尖锐化，使天下无全人。古希腊伟大人物之人格的统一性与完整性，乃为近代有心人追怀的幻影。歌德的《浮士德》是象征着这种永远的追求，而席勒则在他的《人类美育论》中，想从"美的教育"，使堕落的分裂的近代人生重新恢复它的全整与和谐，使近代科学经济的文明，进展入优美自由的艺术文化，如古希腊与文艺复兴时代。

席勒认为近代的病根，是由于抽象的分析的理性过分发展，脱离了感官的情绪的人格全体。另一方面，人欲冲动的强度扩张，生活为各种"目的"所支配。人类不复有"无所为而为"的从容自在，而一切高尚的，唯在深入的情绪生活中，始能体验到的人生价值，如美，如超功利的善，如人格的价值，如纯粹的真理，渐渐埋没于功利主义的眼光之下；一切伟大的热情的创作不再能产生，也不为人们所需要。而近代人乃憔悴于过分的聪明与过多的"目的"重担之下。生活失去了中心，失了和谐，文明愈进步，生活乃愈烦闷，空虚。

席勒主张近代人须恢复艺术中"无所为而为"的创造精神，在这里是自由的愉悦的"游戏式"的创造。兴趣与工作一致，人格与事业一体。一切皆发于心灵自由的表现，一切又复返于人格心灵的涵养增进。工作与事业即成为"人格教育"。事业因出发于心灵的愉悦而有深厚的意义与价值。人格因事业的成就而得进展完成。

人生不复是殉于种种"目的"的劳作，乃是将种种"目的"收归自心兴趣以内的"游戏"。于是乃能举重若轻行所无事，一切事业成就于"美"，而人生亦不失去中心与和谐。

达到这种文化理想的道路就是"美的教育"。"美的教育"就是教人"将生活变为艺术"。生活须表现着"窈窕的姿态"（席勒有文论庄严与窈窕），在道德方面即是"从心所欲不逾矩"，行动与义理之自然合一，不假丝毫的勉强。在事功方面，即"无为而无不为"，以整个的自由的人格心灵，应付一切个别琐碎的事件，对于每一事件给与适当的地位与意义。不为物役，不为心役，心物和谐底成于"美"。而"善"在其中了。

人人能实现这个生活理想，就能构成一个真自由真幸福的国家社会。这个理想在现在看来似乎迂阔不近时势，然而人类是进步的，我们现代的生活既已感到改造的必要，那么，向着这个理想去努力，也不是不可能的，况且古代也不是没有实现过，不过我们要从少数人——阶级的实现到全人类的罢了。

原刊于《中央日报》1935年1月11日

莎士比亚的艺术[①]

近年来,莎士比亚的戏剧的研究,在世界各国忽然引起很大兴趣,上演方面问题的研究和电影的摄制,都非常热闹,我们可以见到莎氏的艺术是不朽的,永远有他的生命。

莎士比亚生于1564年至1616年文艺复兴的最盛时代,那时代是个从中古宗教势力求解放,希腊的文学艺术重新被人发现的时代,实际上是"人"的重新发现,"人生的意义与价值"重新被发现,人体的油画与雕刻发达到极高峰,而描写人性的内心生活,以人生的冲突斗争做题材的

---

① 本文系为广播演讲,匆匆写就,因时间的限制,不能过长,加以自己的浅陋无学,粗疏谬论,自不在话下。彦祥先生要采登《戏剧时代》(载第1卷第3期,1937年8月1日,上海戏剧时代出版社出版),还是不要为妥。白华自白。——原注

戏剧艺术，也就异常发达。莎氏是此大潮流中一个超越一切的戏剧天才。他自己本是参加在一个剧社供给剧本。他说过：整个世界不过是一个舞台，人生男男女女是一些演员。他自己的生活确是一个在剧团里的生活。戏剧与人生对他是一个东西。他从戏剧里体会到那些人生的伟大的紧张的悲壮的场面，而他又从实际人生的体验，观察，分析，给与他自己的创作的丰富的深刻的生命。他的创作和他以前或以后古典剧有几个不同之点。

（一）他的写作的题材故事，既不是像近代作家取于自己的生活（歌德《浮士德》），或自己的生活环境和社会问题，又不是单凭自己的想象构造情节内容。乃是几乎全部取材于他的前辈的剧本或小说而加以重新的改造。然而，艺术的价值并不在于题材内容，而在他如何写出，莎氏的天才有点石成金的手段。

他的剧本不像古典及近代剧欢喜从情节冲突紧张的顶点开始，而将过去情节在口中说出来，他是欢喜陈述一事全部的开始和发展，如《罗米欧和朱丽叶》就是从两人一见倾心说起。这是铺陈的叙述，使剧本里的空间地点和时间复杂而拉长，破坏了古典的三一律。（古典剧情的时间至多在二十四时以内。）这种铺陈叙述使剧中主角发生多方面错综的关系，以主要情节外往往有平行的一个或二个插曲情节。这种平行情节虽是古已有之，但是莎氏最善于处理穿插而运用得有意义，或为必要，如在《威尼斯商人》中叶西凯被罗兰佐诱走就大有作用，一则显出歇洛克的凶狠的性格，表出他自己女儿骂其家为地狱；二则借此情节以弥补了订契约与契约到期时间；三则使我们了解歇洛克因女儿之出走更坚决了他的报复意志，以至于露出无人性的凶狠。莎氏的剧本固是充满了复杂的繁富的生命。

（二）他的剧本若和希腊及法国古典剧的对照，就看出他的特点是悲喜剧的融合；在极沉痛的悲剧中掺进了无数的幽默滑稽，使我们看出作家的舞台技巧及了解观众心理，同时看出作家对于人生命的无穷热力与兴趣，而他在喜剧中往往插入极动人的悲剧角色及悲剧情节，像《威尼斯商人》中犹太人歇洛克可见到诗人对人生的严肃深刻的同情。然而在极严肃的场面，往往插入滑稽，打趣，有时也使人感到过分。不过，他是要调剂观众的情感，也是要利用着对比的影响。

（三）他一生的作品中爱用强烈的光明与阴影的对照（像 Barogue 时代的荷兰大画家 Rembrandt 的画）。他爱强调地对比善与恶，智慧与愚蠢，强与弱，动与静，尤在性格描写方面，如女性方面以娇柔含羞的 Celia 对活泼勇敢的 Rosalinde，静穆温柔的 Hero，对利口会说的

Beatrice等等，在男子方面如理想主义的Pratus对实际主义的聪明的Mark Anton等等。

（四）莎氏艺术的中心点与最高峰仍在"性格的描写"。他的最成熟期的创作多半是性格的悲剧。*Hamlet*是一部最深刻的心理描写，人人知之。他有他与前人不同的独自的技术，以描出角色的内心心理的行动的动机。他的技术大致可分四方面：

（1）从主角的大的重要的全部的行动上见出性格。如罗米欧的热狂感情从开始到最后都表现在他的言语和行动中。

（2）在不经意的微小的动作或道白中，启示出一个人的最深的内心状态与性格。譬如在凯撒的迷信的表示中看出他的原来的伟大和力量已趋衰落了。

（3）在两个或几个性格的对映中间描出一个性格细腻的光景，像《威尼斯商人》中的Portiaa的求婚者Basanio，他的个性，作者在剧本中本无暇作细致的描写，然而由于和别的求婚者及Antonio一班其他朋友比较之下，乃觉得他是比较的可爱的人物。

（4）莎氏再有一常用的方法，就是由别人的口中描出一个人的个性性格。我们在Lady Macbeth中知道了Macbeth的性格。在Ophelia的崇拜中也补充了我们对

Hamlet 个性的认识。以前的作家则多以独白表示出性格。

再后我们再讲到莎氏的剧中的一特点,就是全剧有一种"情调"的创造。他的戏剧愈成熟,愈能在一开头的几十句中就引导我们走进一种爱的或恨的情调中,那故事情节应当有的情调中,在这里表现了他不只是剧作家,也是一个大诗人。像《仲夏夜之梦》一剧若没有这诗的情调就无味了。*Macbeth* 中间巫女一幕没有那情调就觉得滑稽了。*Hamlet* 一剧开始就充满了一种幽灵的恐怖的情调,使我们走进严重的悲剧的情境中。

最后,我们说到莎氏剧情发展的顶点,往往放在第三幕的中间。同时往往也就是全部转换之点,而在悲剧的 Catastrophe 之后,并不就结束,往往再来一平静的幕让观众在离开剧院之前能平静地综合剧情的印象。全剧开头虽紧张,而结尾却平静,这是和希腊的悲剧相似,而对近代人是不大合口味的。

我所爱于莎士比亚的

我所爱于莎士比亚的，是爱他那高额广颡下面那双大的晶莹的太阳一般的眼睛，静穆地照彻这世界的人心，像上帝看见这世界的白昼，也看见这世界的黑夜。他看见人心里面地狱一般的黑暗，残忍，凶狠，愤怒，妒嫉，利欲，权欲，种种狂风似的疯狂的兽性。但他也看见火宅里的莲花，污泥里的百合，天使一般可爱的"人性的神性"。他这太阳似的眼睛照见成千成百的个性的轮廓阴影，每一个个性雕塑圆满，圆满得像一个世界。他创造了无数的性格，每一个性格像一朵花，自己从地下生长出来，顺着性格所造的必然的命运，走进罪恶，走进苦恼，走进死亡。他冷静得像一个上帝！

但是他那双晶莹的眼睛却又温煦得像月光一般，同情的抚摩按在每一个罪犯的苦痛的心灵上，让每一个地狱的冤魂都蒙到上帝的光辉（这就是诗人的伟大的心的光辉），使我们发生悲悯，发生同情。

莎士比亚的诗人天才是无可比拟的。歌德说过："我不能回忆曾有一本书，一个人或一桩生活事件对于我发生这样大的影响，像莎士比亚的戏剧。它们好像是一位天上神使的工作，他来亲近人类，俾人类在最轻便的道路上认识他，那些剧本不是诗。我们是好像站立在展开了无穷尽的命运的大书面前，迅动的生命暴风使着大力翻动一页一页。"歌德又说："自然与诗在近代从没有这样密切地结合过，像在莎士比亚。"

莎士比亚的伟大在他那无可企信的丰富的创造力，以风起泉涌般的自然的力量，他创造了半千数的不同的生动的性格，有血有肉，形态万千。每一个人物永远年轻，永远生存在诗人的美丽风光中，然而又那么土腥气，那么真实，那么是从自然拾来的人！英国诗人辜律支 Coleridge 称莎氏为"千心的人"，真是一句确评。

莎士比亚的客观同他的深厚的同情心，往往使许多在他笔下不可救药的凶顽、自私、愚蠢的人，会在剧情的进展里获得作者的爱护，化成可恕的甚且可爱的人物。在他的剧本 *Measure fon Measure* 里面那个杀人犯 Bermardin

本是预定将他的头代替 Clandio 的，不料诗人笔下给予这凶犯若干的个性，竟不忍叫他死，虽然有伤于剧情的本身。再看那位 Folstaff，是怎样的一个人？真是一个怯懦的寄生虫似的动物，然而莎士比亚把他造成一个最大的"幽默"天才，莎氏剧中顶有趣的人物。就看那《威尼斯商人》中的歇洛克，一个凶狠无人性的犹太人，却正因他的恨，他的顽强的报复心理，使人感到他的人性，给与他出乎意料的同情，使他变成剧中有趣的人格。只有亚高是个彻头彻尾的恶人。

莎士比亚表现人物的道德观点是和文艺复兴的时代精神一致。这就是尊重个人人格的解放与自主。整个中古时代的人生意义和价值是寄托在天国，他们的苦痛和安慰都系于上帝的恩惠。就是希腊悲剧，形式那样地完成，然而缺少悲剧的中心动力：这悲剧主角的自由意志。希腊悲剧的真正主角是神旨，是命运。人物个性自主的力量极微薄。性格往往为行动所主持，而在两者之上是命运（神旨）早已安排了全剧的首尾。

而莎氏剧中的主要情节是从人物性格与行动中自然地发展来的。所以那样真挚，亲切，自然。从这真切的自然中生出风韵，生出诗。诗人的智慧和广大的同情里流出泉水般的"黄金的幽默",像朵朵细花洒遍在沉痛动人的生命悲剧上。

原刊《时事新报·学灯》(渝版)第5期,1938年7月3日

荷马史诗中突罗亚城的发现者希里曼对中国长城的惊赞

"它对于我好像是洪水以前巨人族的神话式的创造","这是人类的双手所曾创造的最奇伟的作品","我曾经从爪哇岛火山的高峰上,从加利福尼亚的西拉利瓦达的山顶上,从印度喜马拉雅山的顶上,从南美洲的哥地乃的高原上见过闳丽壮伟的景象,但是永远不能和我现在眼前展开的这幅雄奇瑰丽的画幅相比拟,我惊讶着,震动着,被捉住了,欢喜赞叹,我不能习惯于一眼看到这么多的奇迹"。

这是欧洲19世纪以来最著名的大考古家希里曼(Schliemann)在九十年前,对长城景物的叹赏惊奇。以他的资格,说这样的话,是值得我们重视的。他在1863年,发表了他的《我到长城的旅行》,给予欧洲人深刻的印象,欧洲人来到中国,总要一登长城,就是受了他的鼓舞。他这篇文章，译成各国文字，独中国还没有介绍，大概因为我们已有了长城，就不必再谈长城，这也是对的。但是，《文汇报》要我写点关于中国美术的文字，我看中国最伟大的美术，最壮丽的美，莫过于长城。我们现在谈美，应从壮美谈起，应从千万人集体所创的美谈起，所以我要从长城谈起。何况中华人民重新站立了起来，又成为希里曼所说的巨人，我们应该用巨人的眼光来衡量一切，用巨人的双手来改造世界，我们要拿长城的壮美作为我们美的标准。

德国大考古家希里曼生于1822年，死于1890年。他认为荷马史诗里所咏的十年围攻的突罗亚城不是诗人的虚构，他立志要发现它。在他一生的发掘中，使现代人们对古代希腊有了正确的丰富的认识。但是真正的突罗亚却是在他死后由他的同伴继承他的志愿和指示才发现的。郑振铎在《近百年古城古墓发掘史》里说："他耗了全牛的精力去发掘推来城（即突罗亚），却在未及见真的推来城时而死去！然而他的工作是不朽的！他所给予世界的，乃远出于他自己预料之外的伟大；他所发见的不仅是荷马的推来，不仅是证实荷马添加希腊史的篇页，且将欧洲文明的起源，地中海文明的曙光，射照在学术界上。这便是他的工作的最伟大处。"

现在，把希里曼书中攀登长城的一段译了出来，鼓舞人们欣赏这个伟大文化遗产的兴致。

早饭后我和我的导游人上路去攀登长城。有一大群好奇的人密密地围着我们，从我上到街上起就追随着，一直到城墙的第一个峭沿。这时攀登的劳苦克制了他们的好奇心，一群人就离开了我们。只有阿松（导游者）由于礼貌陪伴我走到第一个危险地点，这里他看见城墙两边悬崖直下，这一段墙崩落很多，只剩下三十四生地米达的窄路，必须四肢爬行过去才保险。他失去了勇气，知难而退，剩我一个人继续前进。我远看城墙蜿蜒而上，在八公里外引上一个高峰，我决心到那里去，不计任何危险。但这不是容易的事。因这条路须越过五道峭岭，城墙在五十，五十四，甚至于六十度的倾斜里引渡过去。而人还须爬过一个狭崖，城墙在它的上面几乎全部崩坏，两边一望深壑无底。这全用四方的六十到六十六生地巨大的石块砌成的墙的上部，在山坡倾斜角度三十度以上的地方表现着梯形的构造。可奇怪的就是在倾斜地点城墙雉堞还保存着，而别的处所几乎全部不见了。因此，我若想攀登峭坡只有紧紧抓住雉堞而不向后看。越过窄径时我闭了双眼，四肢爬着过去。由于我的坚持，我终于达到我的虚荣心的目的地，爬上山岩的高处。但是，我的惊恐是多大呀！这长城在两公里外又越过一个高峰，它比我现在的至少还要高过二百米达，而使我的视线转向东方。但这个高峰必须再被克服，我满怀信心地向前进。我先爬过了许多小山坡，然后达到那大山坡的下面。它至少有一百三十米达高，而在六十度倾斜里耸然直上。仅仅三寸宽的梯阶上充满了石子。这次攀登的困难是超过了以前的困难的总和。但是我终于克服了它而爬上那具有射击孔的堡塞的顶脊上。这时是正午，我已经走了五小时半了。但是，呈现在我眼前的四周景象却高度地补偿了这次行旅和攀登的辛劳。

长城是用窑砖砌成的，这些砖是在烟里而不是在公开的火焰里烧成的。人用烂泥和合着稻草把它制成。石块是六十七生地米达长，二十生地宽，十七生地厚。长城城墙的上部分是用六十七生地见方，十七生地厚的石块砌造的。在许多地方表面铺的砖消失了，我见到内部也用了花岗石。按照各地点的情况，城墙是从六米达半到九米达半高，城堞不计算在内，城堞也有二到二米达半高。所以城墙全部高度是八米达半到十二米达，它的厚度是下面六米达半到八米达，上面四米达又四分之三到六米达半。在城堞上的一米达又四分之一的高度，在两米达又六十生地相同的距离有两米达宽的壁龛，明显地是安置炮的所在。但是中国历史并没有告诉我们火药的发明是在基督纪元以前呀。由一个壁龛到另一个壁龛的空间里循例有两个三十三生地见方的空洞。

在城墙上每隔二百米达左右矗立着炮台或塔形的射击台，这些是不属于城墙的，但和它用门联系着。这种塔有十三个半米达到十七米达高，十二米达长和宽。它们的基础是由一个半米达长，六十七生地宽，六十生地厚的巨大花岗石块建造的。它们每一座具有两层并用圆天井盖着，这里处处见到圆拱门，这种圆拱门在欧洲人们以为是纪元后七世纪阿拉伯人的发明，而这里这座城墙却是纪元前二百二十年建造的。（白华按：希里曼未考长城沿革史。）在我写下这段话时，我却想起了我曾在上埃及的柏里哈珊的坟宫见到圆拱门，而那些坟宫是纪元前二千年的。很可能是埃及人在中国人之前知道了圆拱门的构造。在长城上塔的每一层里有十二个龛，龛有二米达宽、三十三生地高、一米达长。人看见一些孔洞，是安置窗钩的，可见那些龛洞曾是用窗子关闭着的。

用望远镜向北方看见群峰以外的满洲高原。往下看——九百米达远——一条长的窄的山谷，一个从北方来的河流蜿蜒其中。它供给了稻田的丰饶，在多次的转折里向前流去，把美丽的古北口城分割成两半，以致于一部分是在一个半岛上。从这里这清流的一个膀臂流向一个西边的谷。用我武装了的眼睛看见街上一群人，而且发现阿松坐在我的旅舍的门坎上。我看见环着城的美丽园子，春天的新绿弥漫在一切上面，只有果树还没有发芽。靠近城郊一队兵士在操练着，炮声阵阵，由于山谷的三次回声，传到我的耳鼓。没有比我向南方瞥见的千万山峰更美的景象了，而越过它们好像能够眺见北京的平原。向着西方的山谷有千万个耸立的哨崖，奇伟的景象世间所无，它们又被一个壮丽的绵连的山脉所围绕，尖峰峭壁好像是绸子做的。长城从山上蜿蜒而下山谷，在同样的高度分成三支，中间一支穿过城，另两支在远远的圈子里环绕着城，而三支墙在山谷的彼方高山上又重新会合成为一支，在一弯一曲中向上爬，渡上最高的峰顶，最后像锯子似的靠近了大山脉，很灵活地攀上山脉的险坡，爬过一切斜坡，最后和这山脉共同迷失到遥远的云雾中去。用我的望远镜我能追踪长城达到六十公里远，它的许多弯曲不计算在内。尽管有很大数目的堡塞在我的眼睛看不着，我仍然计算在西方这个方向里有超过二百的堡塞。

长城像蛇一般在弯曲线中越过一连锁的高岭奔向东方。但我只能追踪到二十八公里远，因为那里一座巍然大块阻挡了我的视线，看不见它的连续部分了。

我曾经从爪哇岛火山的高峰上，从加利福尼亚的西拉利瓦达的山顶上,从印度喜马拉雅山的顶上,从南美洲的哥地乃的高原上见过闳丽壮伟的景象,但是永远不能和我现在眼前展开的这一幅美丽奇伟的画幅相比拟,我惊讶着,震动着,被捉住了,欢喜赞叹,我不能习惯于一眼看到这么多的奇迹!这个中国长城,我从最幼的孩儿时代每次听到人说起就感觉到一股炽烈的好奇心,现在我亲眼看到了,它的伟大是超过我想象中的一百倍。我越长久地注视这个壮伟的防御工程和它令人惊怖的多角的堡塞,不断地向最高的山脊背上攀缘着,它对于我越像是洪水以前巨人族的神话式的创造。但是我从历史上知道,这座长城是在我们纪元前二百二十年兴建的,我不能理解,已死的人们的手怎么能把它完成,他们怎么能把那些材料,花岗石巨块和万万块的城砖弄上那峭壁悬崖,安置在上面,而这些材料只能在山谷里制造呀!我毫不怀疑,这长城只能自山谷中开始构造,一切材料陆续运到城上去,按照着工程的情况。

但是,我要问,这个巨人族,他们能够在这些峭壁悬崖中完成一个无比伟大的防御工事,是不是还有这个必要呢?这个赫苦拉斯(希腊神话中力大的英雄)的人种自己的胸膛不就是最可怕的防御工事,能够抵挡从北方来的敌人了吗?(白华按:这就是"天险地险莫如人险"的意思。)

就算承认有这必要来造这座长城,人从哪里搞来这几百万的工人呢？需要这些工人烧造城砖和石灰，切制花岗石块，运材料上山。人又从哪里召集那么多的兵士，足够维护长城的二万堡塞，这长城把一切弯曲算在内足有三千二百公里长。还要指出，长城只是在山里面是一道，而在这谷里却是三道，它又在一切关口分做三道，因为那里由于地质关系不容易防御。

数百年来长城是被人们荒弃了，冷落了。代替着捍卫国土的壮士住在堡塞里的是和平的鸽子，他们在里面做了窝。在城墙上面活动着无害的四脚蛇，黄色紫色的鲜花盛开着，报告春天已临的消息。长城不可争辩地是人类的双手所创造的最奇伟的作品。它是过去的伟大所留的纪念碑。不论它深入到谷里爬行或高耸进云天，它沉默地抗议着那使中华大国沉沦到现在的无体面的深渊中去的颓废和道德的堕落。

我很乐意停留在堡塞上一直到傍晚，我不忍离开这壮丽的景色。但太阳灼热着，难忍的口渴迫使我离开这不舒适的地点。我回头走下第六第五的大坡，用双手撑着自己，最后达到一条窄路，经过无数弯曲到了山脚。许多地点是那样的倾斜，我不能不倒爬在腹上让自己滑了下去。而我仍能做到，不仅把我的望远镜带回，而且把一块六十七生地长的城砖捆在背上，带了回来。

到了山下我把望远镜插进腰带，把城砖挟在臂下。当我一进了城，我又被一群人围着，妇人们孩子们，她们手指着城砖大叫，无疑地是疑心我发了神经病，因为我把一块五十磅重的砖头毫无必要地背了下来。我嘴里叫着"水"字，并表示我口渴得要死。人们立刻拿一桶冷水给我，不肯接受我一个钱。像这样一种雅量，我在中国还是第一次遭遇到。我还要说，这个小城居民的对人亲爱是突出的，虽然他们的好奇心比起别地方中国人也是突出的。这个山城居民好像生活得很好，在整个城内没见到一个乞丐，这是不寻常的。它好像享有声誉是中国最洁净的一个城市。

以上是希里曼在 1863 年写的，他慨叹当时中国的衰微堕落而惊赞长城工事的雄奇壮伟和景色的闳丽，所以他愤激地说："长城沉默地抗议着那使中华大国沉沦到现在的无体面的深渊中去的颓废和道德的堕落。"我要告诉地下的希里曼说："现在的中华人民已经站立了起来，可以配得上长城的伟大了。而六亿人的胸膛团结起来，可以抵御一切帝国主义的侵略，也可以改造世界了。"

原刊《文汇报》1957 年 5 月 17 日—18 日

文艺复兴的美学思想

文艺复兴以来近代诸民族里美学思想的发展也同其他意识形态的科学例如法律学、宗教学、伦理学等等相类似。它们各个以研究社会上层建筑,即文化中一个规定的区域为对象,想从这种研究里引申出这一文化区域的发展规律来。这些科学在文艺复兴时开始,是复兴着和自由发展着它们从古代(希腊、罗马)继承的遗产。我们至今还没有一个全面叙述文艺复兴时代那些应该注意的美学思想的著作。资产阶级的近代美学史停留在研究那些哲学家的美学体系里面。还没有仔细研究十五、十六世纪文艺复兴这个伟大艺术的创造时代是怎样和美学思想相伴着,怎样地受了这些美学思想的影响。这些美学思想在那时自身就是一种"文艺复兴",他们不但重新研究了亚里士多德的《诗学》,也研究亚氏的后继者流传下来的美学思想,例如在希腊晚期及罗马Philostratus时代的西塞罗、荷拉斯、普鲁塔尔格、柏罗丁、菲诺斯特拉图斯（Philostratus）和年代未确定的朗加拉斯等人著作里所表现的，这里面包含着审美情调和思想、词句，是更接近着十六世纪，超过它们对亚里士多德的继承。尤其是它们里面大大地强调着那创造性的想象力，那产生出非凡的动人的作品的想象力。派加孟祭坛的艺术时代或罗马艺术时代的思想家必然会有着和希腊菲地亚斯、波利克莱特同代人不同的审美观念。他们强调了壮美，艺术中的绘画风格，个性的、生动的表情，（绘画中）眼睛的表现方法，他们继承了希腊晚期哲学家柏罗丁的见解，强调地指出审美现象里想象力的创造作用。朗加拉斯的《论崇高》就直接启示了文艺复兴艺术活动的方向，他说（35条）："它——指大自然——开始就在我们的灵魂中植有一种不可抗拒的对于一切伟大事物，一切比我们自己更神圣的事物的渴望。因此，就是整个世界作为人类思想的飞翔领域，还是不够宽广，人的心灵还常常越过整个空间边缘。当我们观察整个生命的领域而见到它处处富于精妙的、堂皇的、美丽的事物时，我们立即知道人生的真正目标是什么……"① 这一段话不是很好的可以放在文艺复兴的艺术家思想家的口中吗？他又

---

① 《文艺理论译丛》1958年第2期，第48页。——原注

说:"总而言之,一切有用的、必需的事物是人们易于获得的。而他们的景仰却是留在惊心动魄的事物里。"①十六世纪的人的旺盛的生命活力和生命情调,他们对于现实中壮大的、奇异的、非凡的天真爱好(甚至对于粗野的滑稽现象的爱好——朗加拉斯),密切地结合着他们对于形式美的敏感和古代流传下来的艺术法则。1561年的斯卡列格尔(Scaliger)的诗学与其说是从亚里士多德汲取来的观点,不如说更多地是继承拉丁及希腊晚期的诗学思想。他的理想不再是荷马,而是拉丁诗人维尔吉尔了。

意大利文艺复兴的艺术如建筑是继承着本土的罗马的遗留建筑而向前发展着,雕刻的人像魁伟壮硕,也继承着罗马人雕像的风味,罗马的壮丽代替了希腊的清丽,希腊雕像相形之下一般地显得清瘦些。意大利人在文艺复兴时所追求的所发现的古代,主要的是罗马,就是在他们本土存在着的而在中古世纪不被注意的罗马遗迹,但是他们创造性的想象力把罗马的样式演变为意大利的样式了。

现在我们简略地谈一谈意大利文艺复兴的艺术思想和审美观念。

在十五世纪中叶有一个拜占庭的希腊学者,名唤君士坦丁·拉斯凯里约(Konstantin Laskario)的,在土耳

---

① 《文艺理论译丛》1958年第2期,第47页。——原注

其人占据拜占庭（1453）以后，逃来意大利，生活到十五世纪之末，他要求哲学根本上应成为艺术、诗，像它在希腊初期那样（哲学以长诗的体裁和风味表达出来）。后来的哲学家采取了散文来写出他的思想。他说："他们就从诗的高原坠落下来，像从马背上掉下一样。"哲学是人力所能努力达到的"上帝的模仿"，而上帝是把一切布置在音律和节奏之中，因此，谁追随着上帝的行踪，体会着上帝的创造，就必须也能韵律式地制造形象，哲学家必须做诗人。艺术里的规律性使我体验到散文所永不能把我们带去接近的某一些东西。艺术使不可能的东西说出来。只有它宣讲出最后的和最深的真理。① 这个思想确是存在文艺复兴时代的大艺术家及大科学家心里的思想。天文科学家哥白尼和开普勒，探究天空秘密时是抱着宇宙的音乐大和谐的理想去考察的。他们深信数学的和谐是反映着宇宙的音乐的和谐。艺术家却在人的身体构造里来发现这支配整个宇宙的秘密规律，这规律表现了真，也表现着美，真和美是一个东西，在文艺复兴的思想家和艺术家的脑海中是不可分割的。这个美的规律更能具体地表达在他们的伟大建筑里，而建筑的结构规律又是极须合乎自然的力学的，更须是真和美的合一的具体表现。所以文艺复兴的美学观

---

① 见 F.medicus《美学基本问题》第 94 页。——原注

念主要地表现在大建筑家阿柏蒂（Alberti）的著作里。

文艺复兴时代美学最重要的特点之一就是同艺术实践的紧密联系，这不是抽象哲学的美学，而是具体的，旨在解决艺术若干具体问题的美学，从实践要求产生，为艺术实践服务，须从这观点来看文艺复兴时代的美学思想。

达·芬奇说："不借助科学的光实践的人，正像没有罗盘而出航的舵手一样。"阿柏蒂向建筑人们提出那些广泛的要求可以由此理解。建筑家不仅应有较高的天赋、较大的才干，而且应有高深的知识，丰富的经验，尤其应有成熟的精确的判断。

文艺复兴的美学理论充满着各种朝气勃勃的乐观主义的、良好有益的内容。所以美的问题成为人文主义者注意的中心。他们研究热情集中于美、和谐、匀称、优雅上，因为在他们看来，人身上有着不可遏止的进行直观的愿望。阿柏蒂说："尤其是眼睛最贪婪美与和谐，眼睛在寻找美与和谐时显得特别顽强，特别稳定。""我不知道它们为什么喜欢无的东西，而不赞同有的东西，因为它们常常在寻找那些后来补充富丽堂皇、光辉灿烂的东西。当它们从最勤勉聪慧而且善于深思的艺术家那里没发现那应期望的技艺，劳动和努力时而感到委屈。有时，它甚至不能说明什么东西凌辱了它们，只除非它们不能彻底消解对美的渴望。"达·芬奇在他的《论美》一文中也有类似的思想。他告诉艺术家似乎要"'窥伺'自然界和人的美,当它们显露得最充分的那一瞬间来观察它们"。"要注意黄昏或别的天时的男子和妇女的脸孔,在他们脸上会看到何等的美好和娇柔来。"

按照阿柏蒂的意见,"不赞赏美的事物,不为最美化的东西所倾倒,不因丑而感到耻辱,不拒弃一切无点缀和不完美……的东西之如何可怜、如此落后、如此粗野和不文明的人,是不可能找到的"。

美感是人的一种天性。它"赋予灵魂以认识",因此阿氏感到难于给美下定义,他说:我们"用感觉来理解美比用话来阐明美更会准确"。但他仍给美下了定义,他说:"美是一个整体中的各部分的某种协调与和音,这种协调与和音符合那些要求和谐的严格数目,有限制的规定和布局,即自然界绝对的和第一性的本原。"美建基于事物本身的性质。所以艺术家的任务就在于模仿自然。即"模仿各种艺术形式的优秀匠师(即自然)"。世界就其最深刻的本质说是美的,美就在于它规律中。艺术应当揭示美的这些客观规律,并且遵守这些规律。因此在阿氏看来,一座建筑物似乎是一个活的实体,建造它时必须要模仿自然界。(皆见《建筑十书》)他强调艺术规律的客观性，艺术家应认识这些规律，并制定自己创作的标准和规则。他说：我们的先辈"集合了人类能力所及的那些它（自然——作者注）创造各种事物时所利用的规律，并把这些规律采用到建筑术的规则中来"。人文主义者按照美的客观性和艺术规律的客观性而解决了美学关于艺术对现实的关系这一基本问题。

艺术是现实的再现，醉心于现实的美，是文艺复兴时期人们的共通性。达·芬奇说："如果画家作为鼓舞者而取用别的图画，他的绘画便不会是完美的，如果他到自然界的事物中去学，那么他就会生产出优良的结果来。"他强调艺术的认识意义。"绘画以哲学的精密的思考来观察海洋、陆地、树木、动物、花草等各种形态的全部素质，所有这些都离不开阴影和光线。实际上，绘画就是科学，就是自然的合法女儿，因为它是自然所生的。"画与科学的区别就在它能再现可见世界，即各种对象的色调和轮廓，而科学则能洞察"物体的内部"而忽视"各种形态的素质"，例如几何学，"它就是集中于对事物的数量说明上"。所以，自然界的一切创造物的美就从科学家那里悄悄地滑过去了。艺术的根据和必然就在于此。

但文艺复兴的艺术理论强调艺术的认识意义，重视外部的逼真，尤其重视绘画艺术之能再现自然，研究线条、

"透视空间"透视、明暗、色调、影调比例等，进一步研究解剖、数学等以企进入内部。

在《论雕塑》里，阿氏企图确立"一种最崇高的美，这种美是自然赐予许多物体的，在这些物体之间美似被适当地分配了。在这里，我们模仿了那个为克罗多尼人创作神女画的人，在少女美方面，袭用最杰出者的一切。在每个少女身上就形式美方面说最优美的东西，并搬到自己的作品里来。我们也选择了许多按照鉴赏家的判断是最美的形体，从这些形体中，我们加以测量，然后把它们加以相互比较并摈弃对这个或那个方面的偏向，我们就择定了那些为许多量度借□□①而都相合所证实的中间数值"（《十书》）。

这个标准是以一般或典型的东西为对象。文艺复兴的美学首先是理想的美学，而这理想并不是与现实相对抗的东西。不怀疑美的现实性。现实性与理想性辩证地结合着。人类的和谐发展的无限可能性也不是空想。

资本主义关系萌芽时期那摧毁资产阶级的散文气息的行动还未出现，人们还没有失掉自己活动上的首创精神，那么他们的描写甚至在对它们采取讽刺态度的场合下还充满着正面的伟大（拉伯雷，莎士比亚）。

---

① 原文空缺。

由此可见，在文艺复兴时的现实主义中包含三结合的因素：（1）对当代问题的深刻了解；（2）描绘细节上的现实主义方法；（3）有意识非现实主义的情节（古代和基督教神话就是许多图画和其他形式的基础）。所有这些也就构成文艺复兴时现实主义特征。他们探讨艺术真实问题时，自发地碰到艺术形象方面一般与单个的辩证法。因而探求理想与现实，真实与虚构之间的平衡、统一。阿氏在《论雕塑》里说："假如，只要我理解得正确的话，在雕塑家那里，掌握相似的方法有两条途径，即：一方面，他们所创造的形象，归根到底应该尽可能与活的东西相似，要与人相似，他们是否再造了苏格拉底、柏拉图或其他任何著名的人的形象。这完全不是重要的，而只要他们能使他的作品一般与人相似，尽管是著名的人，他们就可以认为完全够了。另一方面，应该竭力再现和描绘的不仅是一般的人，而且还应是这个人的面貌和整个外表，例如恺撒或伽图或其他任何著名的人，把他们再现为一定的状态——端坐于讲坛上或在人民大会上发表演说。"阿氏进一步又指出若干规则，运用这些规则就可达到上述相互矛盾的目的。阿氏未解决上述的二律背反，他倾向于解决若干纯技巧的问题方面。但是，提出艺术形象的辩证法却是他重大功绩。

马克思说过："唯物主义在它的第一个创始人培根那里，还在朴素的形式下，包含着全面发展的萌芽。物质带着诗意的光辉对人（整个的人）的全身心发出微笑。"这话可用于文艺复兴的艺人的世界观。世界对他们还没有失去色彩，变成几何学的抽象，理性未获得片面发展。而以复合的，有时甚至半玄妙思想的形式而出现，同时还能简单朴素地对现实世界作出真正辩证法的猜测。所有这些，在那时代的现实主义性质和各思想家的美学观点中，也有所表述。

但该时的美学思想里，也有各种流派相对立着，也在时间中变化着。须有专门的研究。尽管如此，那是和艺术实践紧密联系着的现实主义的有具体对象的美学，其重大的缺点，在忽视社会的冲突，不愿研究正在产生的资本主义社会的阴暗面。在这里，具体的艺术实践（尤其文艺）却比较显得有洞察力（莎士比亚，塞万提斯，尤以拉伯雷）。

德国唯理主义的美学

在十七世纪下半期的艺术和美学思想里发生着一个很大的变化。在上升的君主专制的国家，首先是法国的政治生活里一种理智化的、机器似的经济和行政的管理方式占了上风。在宫廷的礼仪习惯里严守着形式、规则，控制着一切……（手稿残破中断——整理者注）权威。很明显，这种新美学是和笛卡尔的唯理主义哲学的发展有着联带关系，表示着同一个趋向的。但是这种唯理主义美学在德国哲学家莱布里兹（1646—1716）①和他的学派里才得到较有系统的和有结果的发展。它的影响一直延长到鲍姆伽敦、玛耶尔、奥也莱尔、苏尔撒尔、曼德尔松和莱辛。

这个理性主义美学的方法是基于莱布里兹的对于心理

---

① 莱布里兹的一些重要的美学上的见解，构成德国唯理主义美学的根基。——原注

生活里各主要区域的相互关系和精神现象里的因果关系的理解。这种理解是和十七世纪的其他哲学家共同的。斯宾诺莎就说过："意志和理智是同一物。"莱氏从这里引伸出"力、冲动和表象"的深一层的联系。诸表象是单元的心口统一体里内在的行动，心口就是力，从这力里产生的诸冲动过渡到表象，然后过渡到意志过程，一个套一个，像流水一样割不断的。但可惜莱氏的形而上学的单元论又把这不断的流割断为各个互相封闭着的单元了。

此外，发明微分数学的莱氏，从理知上来把割不断的自然过程也在心理界里建立了细微的暧昧不明的诸表象的学说（即下意识的学说）。这样就可以解释心理现象里许多重要过程，而对于美学研究提供了方法。用理性的方法来解释和控制这所谓最"神秘的""难以言说"的审美和艺术创造的心理过程。唯理主义认为一切都能由理性来解决的企图，侵入了美学这个领域。

笛卡尔已经在他的一本论音乐的书里（1618年完成的），提供了一个这种唯理主义美学的原理。这原理使"诗学里的规律"回到更基础的审美的关系里去。按照这原理，那对感性的印象和感官的知觉相联系的愉快，是这样产生的，即是由于分别和联络诸印象时轻而易举。所以我们对感觉印象的审美愉快的根底即是理性，即是感觉诸印象里的合理性，逻辑性。笛卡尔的这个原理从莱氏获得心理学上的理解。他同意法国古典主义者，认为诗的形式的逻辑性，如多中的统一，是我们对它愉快的根源。他通过诸表象的微分式的联络关系，把鉴赏引归到理性（即在似乎非理性的意识之流里见到理性规律）。在直观的感觉世界里潜伏着合理性的规律、秩序、组织。莱氏在一本小书《论幸福》论证了他的美学思想。力、圆满、秩序和美，是密切联合在一起的。"力越大，本质就越高和更自由。""力越大，在那里就更多地表示'多从一来和多在一中'，一控制着外在的多，并在内里形成着。"统一的心□的力量处之把多结合为一，他愈能把大量的多统辖于一里，他就愈圆满。统一性表示在"协合""秩序"里。"一切的美来自秩序，而美唤醒了爱慕。"

对于美的愉快所以就是心理活动力量的加强，也即是按照它内在的规律在多样中创造统一性。因此，一个别的人，一个禽兽，甚至一个无生命的被造物，绘画或艺术品，当它们的形象印进我们的头脑时，也在我们内心里培植和唤醒、提高了的完满的存在以及与此相应合的愉快，然后"我们的心情感到一种完满性，这完满性是悟性尚不能把握的，而它却仍然是完全符合着悟性的"。

从这里莱氏说明了音乐的审美感。而这个后来被奥也莱尔（Euler）发挥了的学说,正是他的理性主义美学的考验。莱氏说:"一切音响着的,包含着一种振动或往来着的运动在它内里。一切音响着的东西,执行着无形象的敲打。如果这些敲打不紊乱而有秩序地进行着并且和某种变化结合在一起,它们就是令人愉快的。"莱氏在节奏的美感里论证这一点,如舞蹈里的规律性的运动,长短音的规律性的连续、押韵等,愉快的原理是一致的。即"按照着尺度的运动具有的愉快感来自秩序。因为一切秩序对心情适合"。这个原理是更适合于解释音乐的美感的。同样的原理也解释了在视觉里对各种正确比例的愉快。对大自然的美感也是如此。莱氏说:"每个心灵认识那无限、那全体,但是朦胧不清。我在海边散步时,耳听着海涛声,组成这全部涛声的每个波浪的个别声音也在耳鼓,却不能把它和别的波浪声区别开来,和这一样,我的模糊不清的觉知也是整个宇宙给我的印象的综合。"这种暧昧不清的诸表象和它们的相互联络,表现在我们的情绪里面,从这里面再产生出我们的鉴赏趣味来。我们对宇宙的客观的美与和谐的愉快,即对大自然的美感,也可以从这里来解释。

这是莱氏这位多方面的天才在美学方面所发展的一些思想。他自己没有建立系统的美学。他的后继者鲍姆伽敦、玛耶尔等人,在当时英国的经验主义美学推动之下创造了美学的第一个系统。

唯理主义的美学理解"美"作为感性境界里面的逻辑性的东西，艺术作为世界的和谐、秩序在感性形象里的表现。所以最自由的艺术创造也是不自觉地按照客观的规律，这些规律就是"和声学"与"音律学"，这些规律也表现于线文的支配，形象的构造，建筑里的装饰和一切造型艺术里面的原则。艺术家的审美趣味就是这些规律的总和。而这些规律归根到底是根基于宇宙的合理的秩序。审美和艺术创造是对于宇宙的客观规律，它的和谐与秩序的把握与再现。完满性是它的目标，合理性是它的内容。美即是真，真即是善，真、善、美是一个境界的三面，是浑然一体的东西。"完满性"一词内就含着真、善、美。

莱氏的美学引导到三者的结合，或三者的一致，而康德的美学却是从他的批判□□的体系出发，首先从事于区分三者不同的领域，把三者分别地归纳于知、情、意三种不同的心理机能之下。但美是和谐、秩序、多样中的统一、完满性，这些都是美的形式方面的因素，这些却通过鲍姆伽敦被康德所片面重视，发展成为他的形式主义的美学。康德的唯心主义过分地强调主观能动力，把完满的形式的组成完全归于主观的创造作用，把它完全收进主观范围之内，割去了它所反映的客观规律、客观秩序的根源。这可以说是从莱氏后退了一步。但这自有他的动机，以后再论。

莱布里兹继承了和发展了十七世纪笛卡尔、斯宾诺莎等人唯理主义的世界观，企图用严整的数学体系来统一世界的认识，达到对于物理世界清楚明朗的完满的理解。但是感官直接所面对的感性的形象界是我们一切认识活动的出发点，这形象界和清楚明朗、论证严明的数理世界比较起来似乎是朦胧、暧昧、不够清晰，莱布里兹把它列入模糊的表象世界，是"低级的"感性认识。但是这直观的暧昧的感性认识里仍然反映着世界的和谐与秩序，这种认识达到完满的境界时，即完满地映射出世界的和谐、秩序时，这就不但是一种真，也是一种美了。于是关于"感性认识"的科学同时就成了美学。Aesthetica 一字，现在所谓美学，原来就是关于感性认识的科学，莱氏的继承者鲍姆伽敦不但是把当时一切关于这方面的探究聚拢起来，第一次系统化成为一门新科学，并且给它命名为 Aesthetica，后来人们就沿用这个名字发展了这门新科学——美学，这是鲍姆伽敦在美学史上的重大贡献。虽然他自己的美学著作还是很粗浅的，规模初具，内容贫乏；他自己对于造形艺术及音乐艺术并无所知，只根据演说学和诗学来谈谈。他在这里是从唯理主义的哲学走到美学，因而建立了美学的科学，美即是真，尽管只是一种模糊的真，因而被收容进入科学系统的大门,并且填补了唯理主义哲学体系的一个漏洞,一个缺陷,那就是感性世界里的逻辑。

同时也配合了当时文艺界古典主义重视各门文艺里的法则、规律的方向,也反映了当时上升的资产阶级反封建、反传统、重视理性、重视自然法(即理性法则)的新兴阶级的意识。而在各门文学艺术里找规律,这至今也正是我们美学的主要任务。现在略略介绍一下鲍姆伽敦(Alexander Baumgarter,1714—1762)美学的大意。

鲍氏在莱氏哲学原理的基础上,结合着当时英国经验主义美学情感论的影响,制造了一个美学体系。[①]

(一)鲍氏认为感性认识的完满感性完满地把握了的对象就是美。感觉里本是暧昧、朦胧的观念,所以感觉是低级的认识形式。

(二)完满不外乎多样性中的统一,部分与整体的调和,完善。单个感觉不能构成和谐,所以美的本质是在它的形式里。但它有客观基础,即它反映客观宇宙的完满性。

(三)美既是仅恃感觉上不明了的观念成立的,那么,明了的理论的认识产生时,就可取美而消灭之。

(四)美是和欲求相伴的,美的本身既是完满,它也就是善,善是人们欲求的对象。单纯的印象,如颜色,不

---

① 带着折中主义的印痕。——原注

是美，美成立于一个多样统一的协调里。多样性才能刺激心理产生愉快。多样性与统一性（统一性令人易于把握）是感性的直观认识所必需的，而这里面存在着美的因素。美就是这个形式上的完满，多样中的统一。

再者这个中心概念"完满"可以从另一个角度来看。这就是低级的、感性的、直观的认识和高级的、概念的知识之间的关系和分歧点。在感性的、直观的认识里我们直接面对事物的形象，而在清晰的概念的思维中，亦即象征性质（通过文字）的思维中，我们直接的对象是字，概念更多过于具体的事物形象。审美的直观的思想是直接面对事物而少和符号交涉的，因此，它就和情绪较为接近。因人的情绪是直接系著于具体事物的，较少系著于抽象的东西。另一方面概念的认识深透进事物的内容，而直接观照的、和情绪相接的对象则更多在物的形式方面，即外表的形象。鉴赏判断不像理性判断以真和美为对象，而是美。而美即是我们直接把握的感性的完美的境界，即多样中的统一，亦即形式。艺术家创造这种形式，把多样性整理、统一起来，使人一目了然，容易把握，引起人的情绪上的愉快，即审美的愉快。艺术作品的直观性和易把握性或"思想的活泼性"，照鲍姆伽敦的后继者玛耶尔（G. E. Meyen）说：是"审美的光亮"。假使感性的清晰达到最高峰时，就诞生"审美的灿烂"，而这个却不是必须企求到的。

鲍氏美学总结地说来，就是：（一）因一切美是感性里表现的完满，而这完满即是多样中的统一。所以美存在于形式。（二）一切的美作为多样的东西是组成的东西。（三）在组成物之中间是统制着规定的关系，即多样的协调而为一致性的。（四）一切的美仅是对感觉而存在的，而一个清晰的逻辑的分析会取消了（扬弃了）它。（五）没有美不同时和我对它的占有欲结合着，因完满是一好事，不完满是坏事。（六）美的真正目的在于刺激起要求，或因我所要求的只是快适，故美产生着快乐。

鲍氏是沃尔夫（Wolff）的最著名的弟子，康德在他前批判哲学的时期受沃尔夫影响甚大，他把鲍氏看作当时最重要的形而上学者，而且把鲍氏的教课书（逻辑）作为他的课堂讲演的底本，就在他的批判哲学时期也曾如此，虽然他在讲课里批判了鲍氏，反对鲍氏。

鲍氏区分着美学（Aesthetica）作为感性认识的理论，逻辑作为理性认识的理论，这名词也为康德在他的纯粹理性的批判里所运用，康德区分"先验的逻辑"和"先验的美学"，即"先验的感性理论"。在这章里康德说明着感觉直观里的空间时间的先验本质。我们可以说，康德哲学以为整个世界是现象，本体不可知。这直观的现象世界也正是审美的境界，我们可以说，康德是完全拿审美的观点，即现象地来把握世界的，他是第一个建立了一个完满的资产阶级的美学体系的，而他却把他的美学著作不命名为美学。而把美学这一名词用在他的认识论的著作里，那关于感性认识的阐述的部分，这是很有趣的，也可以见到鲍姆伽敦的影响。他也继承了鲍氏把美学基于情感的说法，而反对他的完满的感性认识即是美的理论。因康德把认识活动和审美活动划分为意识的两个不同的领域了。他阉割了艺术的认识功用，思想性，而替现代反动美学奠下了基础。他继承了鲍氏的形式主义和情感论而扩张为体系。

中西戏剧比较及其他

对戏曲没有研究。参加了这两次会，听了许多同志的发言，启发很大。同志们谈的这些东西，对研究美学，尤其是研究中国美学很有好处。美学研究应该结合艺术进行，对各种艺术现象，应作比较研究。

有同志说，剧团到农村演出，群众要看布景，没布景不买票。我所了解，农村的舞台，为了便利演出，都是很简便的，我怀疑它能配合用布景。布景的问题存在很久了，从宋元到现在。看戏的人很多，他们没有提出过看布景的要求，他们要求的是表演。中国戏曲是以表演为主的。前几天看了豫剧《抬花轿》，表演得很好，抬和坐，动作都是虚拟的。抬着过桥，真给人以过桥的感觉。但是在台上并没有给人看到真实的轿子。只要表演得逼真，观众并不要求有一个真的轿子。西洋戏剧是主张用布景的，易卜生就很注意用景。中国戏曲景与情全由演员来表演。《秋江》中，情与景是高度交融的。西洋戏剧也是希望达到这一点的。

中国戏曲传统舞台美术的发展，是有客观原因的。中国古代在农村经常演戏，舞台都是木板架起来的，很简便。在那样的台上做布景不可能。所以，演员就想一切办法把自己突出出来。书上记载：埃斯库勒斯的戏，人物也是宽袍大袖。鬼的面上也涂颜色，或戴假面具。这和中国戏曲是相似的。过去的条件差，促使产生了好东西。现在所以产生问题，原因在于：时代不同了，条件起了变化。

肖伯纳的剧本，序文都很长，为了说明戏文。问题戏，着重思想。中国戏曲，着重感动人，动作强烈，能使人哭，亦能使人笑。文艺复兴以后，西洋讲究透视学，舞台也要求透视，先有布景，后有人物。中国戏曲不同，人物出场，手拿马鞭就说明是骑马出来了。是两种不同的境界。中国古代也戴假面具。四川出土的汉俑，两个人作吵嘴状，一男一女，男的面上有面具。据我推测，可能后来因为用面具不方便，就干脆画到了脸上，产生了脸谱。

有同志说，中国戏曲舞台美术的特点是，能动就好。这话很对。中国戏曲和中国画有很多相同的地方。中国画从战国到现在，发展了几千年，它的特点就是气韵生动。

站在最高位,一切服从动,可以说,没有动就没有中国戏,没有动也没有中国画。动是中心。西洋舞台上的动,局限于固定的空间。中国戏曲的空间随动产生,随动发展。"十八相送"十八个景,都是由动作表现出来的。中国广大群众是否都要求布景,需要进行分析。要布景,是为了看热闹,看多了会转过来看表演的。群众要求不平衡,层次复杂,应该看主要的倾向。

关于空间问题,中国画和西洋画在处理上是不同的。古代画家、科学家都提出过问题。科学家沈括在他的《梦溪笔谈》中,在艺术上的要求与西洋画就不同。西洋画要求写实,他不要求写实,相反他反对写实。他批评写实的画不是画。戏曲舞台也是如此。不能太实。清代学者华琳,他有很多好见解。他指出:如果人不出现,放上门窗等实物,这叫离。离,物与物之间是独立的,自成片状。不是画。画,要合,要气韵生动。完全合,也不行,完全合,打成一片,一塌糊涂,也不是画。中国画是似离似合。只离而不合,不是艺术品,只合而不离也不是艺术品。中国画画面空间是怎样表现出来的?他用了一个"推"字。"推"能产生无穷的空间。在舞台上,演员一推,产生了门,又产生了门内门外两个空间。画家是用笔推的。齐白石的虾,只在白纸上画几个虾,但能给人它们是在水中的感觉。

在生活中，看到一片好风景时，说"江山如画"，真山水希望它是假山水，看一幅画，又常常要求它逼真，假山水希望它是真山水。所谓美，就是"如画"和"逼真"。中国戏曲就是既逼真又如画的。它掌握艺术规律是很深的。当然也有局限性。戏曲以表演为主，演员表演好是第一。群众并不要求西洋式的布景。目前部分群众有这种要求，这不会是永恒的，是会改变的。

发表于1985年10月16日《北京大学》校刊

美的哲学

哲学与艺术——希腊大哲学家的艺术理论

一、形式与心灵表现

艺术有"形式"的结构，如数量的比例（建筑）、色彩的和谐（绘画）、音律的节奏（音乐），使平凡的现实超入美境。但这"形式"里面也同时深深地启示了精神的意义、生命的境界、心灵的幽韵。

艺术家往往倾向以"形式"为艺术的基本，因为他们的使命是将生命表现于形式之中。而哲学家则往往静观领略艺术品里心灵的启示，以精神与生命的表现为艺术的价值。

希腊艺术理论的开始就分这两派不同的倾向。克山罗风（Xenophon）在他的回忆录中记述苏格拉底（Socrates）曾经一次与大雕刻家克莱东（Kleiton）的谈话，后人推测就是指波里克勒（Polycretesr）。当这位大艺术家说出"美"是基于数与量的比例时，这位哲学家就很怀疑地问道："艺术的任务恐怕还是在表现出心灵的内容罢？"苏格拉底又希望从画家拔哈希和斯（Parrhasios）知道艺术家用何手段能将这有趣的、窈窕的、温柔的、可爱的心灵神韵表现出来。苏格拉底所重视的是艺术的精神内涵。

但希腊的哲学家未尝没有以艺术家的观点来看这宇宙的。宇宙（Cosmos）这个名词在希腊就包含着"和谐、数量、秩序"等意义。毕达哥拉斯（Pythagoras，希腊大哲）以"数"为宇宙的原理。当他发现音之高度与弦之长度成为整齐的比例时，他将何等地惊奇感动，觉着宇宙的秘密已在他面前呈露：一面是"数"的永久定律，一面即是至美和谐的音乐。弦上的节奏即是那横贯全部宇宙之和谐的象征！美即是数，数即是宇宙的中心结构，艺术家是探乎于宇宙的秘密的！

但音乐不只是数的形式的构造，也同时深深地表现了人类心灵最深最秘处的情调与律动。音乐对于人心的和谐、行为的节奏，极有影响。苏格拉底是个人生哲学者，在他是人生伦理的问题比宇宙本体问题还更重要。所以他看艺术的内容比形式尤为要紧。而西洋美学中形式主义与内容主义的争执，人生艺术与唯美艺术的分歧，已经从此开始。但我们看来，音乐是形式的和谐，也是心灵的律动，一镜的两面是不能分开的。心灵必须表现于形式之中，而形式必须是心灵的节奏，就同大宇宙的秩序定律与生命之流动演进不相违背，而同为一体一样。

二、原始美与艺术创造

艺术不只是和谐的形式与心灵的表现，还有自然景物的描摹。"景""情""形"是艺术的三层结构。毕达哥拉斯以宇宙的本体为纯粹数的秩序，而艺术如音乐是同样地以"数的比例"为基础，因此艺术的地位很高。苏格拉底以艺术有心灵的影响而承认它的人生价值。而柏拉图则因艺术是描摹自然影像而贬斥之。他以为纯粹的美或"原始的美"是居住于纯粹形式的世界，就是万象之永久典范，所谓观念世界。美是属于宇宙本体的。（这一点上与毕达哥拉斯同义。）真、善、美是居住在一处。但它们的处所是超越的、抽象的、纯精神性的。只有从感官世界解脱了的纯洁心灵才能接触它。我们感官所经验的自然现象，是这真实世界的影像。艺术是描摹这些偶然的变幻的影子，它的材料是感官界的物质，它的作用是感官的刺激。所以艺术不仅不能引着我们达到真理，止于至善，且是一种极大的障碍与蒙蔽。它是真理的"走形"，真实的"曲影"。柏拉图根据他这种形而上学的观点贬斥艺术的价值，推崇"原始美"。我们设若要挽救艺术的价值与地位，也只有证明艺术不是专造幻象以娱人耳目。它反而是宇宙万物真相的阐明、人生意义的启示。证明它所表现的正是世界的真实的形象，然后艺术才有它的庄严、有它的伟大使命。不是市场上贸易肉感的货物，如柏拉图所轻视所排斥的。（柏氏以后的艺术理论是走的这条路。）

三、艺术家在社会上的地位

柏拉图这样的看轻艺术，贱视艺术家，甚至要把他们排斥于他的理想共和国之外，而柏拉图自己在他的语录文章里却表示了他是一位大诗人，他对于大宇宙的美是极其了解，极热烈地崇拜的。另一方面我们看见希腊的伟大雕刻与建筑确是表现了最崇高、最华贵、最静穆的美与和谐。真是宇宙和谐的象征，并不仅是感官的刺激，如近代的颓废的艺术。而希腊艺术家会遭这位哲学家如此的轻视，恐怕总有深一层的理由罢!第一点,希腊的哲学是世界上最理性的哲学,它是扫开一切传统的神话——希腊的神话是何等优美与伟大——以寻求纯粹论理的客观真理。它发现了物质元子与数量关系是宇宙构造最合理的解释。(数理的自然科学不产生于中国、印度,而产于欧洲,除社会条件外,实基于希腊的唯理主义,它的逻辑与几何。)于是那些以神话传说为题材,替迷信作宣传的艺术与艺术家,自然要被那努力寻求精明智慧的哲学家如柏拉图所厌恶了。真理与迷信是不相容的。第二点,希腊的艺术家在社会上的地位,是被上层阶级所看不起的手工艺者、卖艺糊口的劳动者、丑角、说笑者。他们的艺术虽然被人赞美尊重,而他们自己的人格与生活是被人视为丑恶缺憾的(戏子在社会上的地位至今还被人轻视)。希腊文豪留奇安(Lucian)描写雕刻家的命运说:"你纵然是个飞达亚斯(Phidias)或波里克勒(希腊两位最大的艺术家),创造许多艺术上的奇迹,但欣赏家如果心地明白,必定只赞美你的作品而不羡慕作你的同类,因你终是一个贱人、手工艺者、职业的劳动者。"原来希腊统治阶级的人生理想是一种和谐、雍容、不事生产的人格,一切职业的劳动者为专门职业所拘束,不能让人格有各方面圆满和谐的成就。何况艺术家在礼教社会里面被认为是一班无正业的堕落者、颓废者、纵酒好色、佯狂玩世的人。（天才与疯狂也是近代心理学感到兴味的问题。）希腊最大诗人荷马在他的伟大史诗里描绘了一部光彩灿烂的人生与世界。而他的后世却想象他是忘了目的。赫发斯陀（Hephaestus）是希腊神们中间的艺术家的祖宗，但却是最丑的神！

艺术与艺术家在社会上为人重视，须经过三种变化：（一）柏拉图的大弟子亚里士多德的哲学给予艺术以较高的地位。他以为艺术的创造是模仿自然的创造。他认为宇宙的演化是由物质走向形式，就像希腊的雕刻家在一块云石里幻现成人体的形式。所以他的宇宙观已经类似艺术家的。（二）人类轻视职业的观念逐渐改变，尤其将艺术家从匠工的地位提高。希腊末期哲学家普罗亭诺斯（Plotinos）发现神灵的势力于艺术之中，艺术家的创造若有神助。（三）但直到文艺复兴的时代，艺术家才被人尊重为上等人物。而艺术家也须研究希腊学问，解剖学与透视学。学院的艺术家开始产生，艺术家进大学有如一个学者。

但学院里的艺术家离开了他的自然与社会的环境，忽视了原来的手工艺，却不一定是艺术创作上的幸福。何况学院主义往往是没有真生命、真气魄的，往往是形式主义的。真正的艺术生活是要与大自然的造化默契，又要与造化争强的生活。文艺复兴的大艺术家也参加政治的斗争。现实生活的体验才是艺术灵感的源泉。

四、中庸与净化

宇宙是无尽的生命、丰富的动力,但它同时也是严整的秩序、圆满的和谐。在这宁静和雅的天地中生活着的人们却在他们的心胸里汹涌着情感的风浪、意欲的波涛。但是人生若欲完成自己,止于完善,实现他的人格,则当以宇宙为模范,求生活中的秩序与和谐。和谐与秩序是宇宙的美,也是人生美的基础。达到这种"美"的道路,在亚里士多德看来就是"执中""中庸"。但是中庸之道并不是庸俗一流,并不是依违两可、苟且的折中。乃是一种不偏不倚的毅力、综合的意志,力求取法乎上、圆满地实现个性中的一切而得和谐。所以中庸是"善的极峰",而不是善与恶的中间物。大勇是怯弱与狂暴的执中,但它宁愿近于狂暴,不愿近于怯弱。青年人血气方刚,偏于粗暴。老年人过分考虑,偏于退缩。中年力盛时的刚健而温雅方是中庸。它的以前是生命的前奏,它的以后是生命的尾声,此时才是生命丰满的音乐。这个时期的人生才是美的人生,是生命美的所在。希腊人看人生不似近代人看作演进的、发展的、向前追求的、一个戏本中的主角滚在生活的漩涡里，奔赴他的命运。希腊戏本中的主角是个发达在最强盛时期的、轮廓清楚的人格，处在一种生平唯一的伟大动作中。他像一座希腊的雕刻。他是一切都了解，一切都不怕，他已经奋斗过许多死的危险。现在他是态度安详不矜不惧地应付一切。这种刚健清明的美是亚里士多德的美的理想。美是丰富的生命在和谐的形式中。美的人生是极强烈的情操在更强毅的善的意志统率之下。在和谐的秩序里面是极度的紧张，回旋着力量，满而不溢。希腊的雕像、希腊的建筑、希腊的诗歌以至希腊的人生与哲学不都是这样？这才是真正的有力的"古典的美"！

美是调解矛盾以超入和谐，所以美对于人类的情感冲动有"净化"的作用。一幕悲剧能引着我们走进强烈矛盾的情绪里，使我们在幻境的同情中深深体验日常生活所不易经历到的情境，而剧中英雄因殉情而宁愿趋于毁灭，使我们从情感的通俗化中感到超脱解放，重尝人生深刻的意味。全剧的结果——即英雄在挣扎中殉情的毁灭——有如阴霾沉郁后的暴雨淋漓，反使我们痛快地重睹青天朗日。空气干净了，大地新鲜了，我们的心胸从沉重压迫的冲突中恢复了光明愉快的超脱。

亚里士多德的悲剧论从心理经验的立场研究艺术的影

响，不能不说是美学理论上的一大进步，虽然他所根据的心理经验是日常的。他能注意到艺术在人生上净化人格的效用，将艺术的地位从柏拉图的轻视中提高，使艺术从此成为美学的主要对象。

五、艺术与模仿自然

一个艺术品里形式的结构，如点、线之神秘的组织，色彩或音韵之奇妙的谐和，与生命情绪的表现交融组合成一个"境界"。每一座巍峨崇高的建筑里是表现一个"境界"，每一曲悠扬清妙的音乐里也启示一个"境界"。虽然建筑与音乐是抽象的形或音的组合，不含有自然真景的描绘。但图画雕刻，诗歌、小说、戏剧里的"境界"则往往寄托在景物的幻现里面。模范人体的雕刻，写景如画的荷马史诗是希腊最伟大最中心的艺术创造，所以柏拉图与亚里士多德两位希腊哲学家都说模仿自然是艺术的本质。

但两位对"自然模仿"的解释并不全同，因此对艺术的价值与地位的意见也两样。柏拉图认为人类感官所接触的自然乃是"观念世界"的幻影，艺术又是描摹这幻影世界的幻影。所以在求真理的哲学立场上看来是毫无价值、徒乱人意、刺激肉感。亚里士多德的意见则不同。他看这自然界现象不是幻影,而是一个个生命的形体。所以模仿它、表现它,是种有价值的事,可以增进知识而表示技能。亚里士多德的模仿论确是有他当时经验的基础。希腊的雕刻、绘画,如中国古代的艺术原本是写实的作品。它们生动如真的表现,流传下许多神话传说。米龙(Myron)雕刻的牛,引动了一个活狮子向它跃搏,一只小牛要向它吸乳,一个牛群要随着它走,一位牧童遥望掷石击之,想叫它走开,一个偷儿想顺手牵去。啊,米龙自己也几乎误认它是自己牛群里的一头!

希腊的艺术传说中赞美一件作品大半是这样的口吻。(中国何尝不是这样?)艺术以写物生动如真为贵。再述一个关于画家的传说。有两位大画家竞赛。一位画了一枝葡萄,这样的真实,引起飞鸟来啄它。但另一位走来在画上加绘了一层纱幕盖上,以致前画家回来看见时伸手欲将它揭去。(中国传说中东吴画家曹不兴尝为孙权画屏风,误发笔点素,因就以作蝇,既而进呈御览,孙权以为生蝇,举手弹之。)这种写幻如真的技术是当时艺术所推重。亚里士多德根据这种事实说艺术是模仿自然,也不足怪了。何况人类本有模仿冲动,而难能可贵的写实技术也是使人惊奇爱慕的呢。

但亚里士多德的学说不以此篇为满足。他不仅是研究

"怎样的模仿",他还要研究模仿的对象。艺术可就三方面来观察:(一)艺术品制作的材料,如木、石、音、字等;(二)艺术表现的方式,即如何描写模仿;(三)艺术描写的对象。但艺术的理想当然是用最适当的材料,在最适当的方式中,描摹最美的对象。所以艺术的过程终归是形式化,是一种造型。就是大自然的万物也是由物质材料创化千形万态的生命形体。艺术的创造是"模仿自然创造的过程"(即物质的形式化)。艺术家是个小造物主,艺术品是个小宇宙。它的内部是真理,就同宇宙的内部是真理一样。所以亚里士多德有一句很奇异的话:"诗是比历史更哲学的。"这就是说诗歌比历史学的记载更近于真理。因为诗是表现人生普遍的情绪与意义,史是记述个别的事实;诗所描述的是人生情理中的必然性,历史是叙述时空中事态的偶然性。文艺的事是要能在一件人生个别的姿态行动中,深深地表露出人心的普遍定律。(比心理学更深一层更为真实的启示。莎士比亚是最大的人心认识者。)艺术的模仿不是徘徊于自然的外表,乃是深深透入真实的必然性。所以艺术最邻近于哲学,它是达到真理表现真理的另一道路,它使真理披了一件美丽的外衣。

艺术家对于人生对于宇宙因有着最虔诚的"爱"与"敬",从情感的体验发现真理与价值,如古代大宗教家、大哲学家一样。而与近代由于应付自然，利用自然，而研究分析自然之科学知识根本不同。一则以庄严敬爱为基础，一则以权力意志为基础。柏拉图虽阐明真知由"爱"而获证入！但未注意伟大的艺术是在感官直觉的现量境中领悟人生与宇宙的真境，再借感觉界的对象表现这种真实。但感觉的境界欲作真理的启示须经过"形式"的组织，否则是一堆零乱无系统的印象（科学知识亦复如是）。艺术的境界是感官的，也是形式的。形式的初步是"复杂中的统一"。所以亚里士多德已经谈到这个问题。艺术是感官对象。但普通的日常实际生活中感觉的对象是一个个与人发生交涉的物体，是刺激人欲望心的物体，然而艺术是要人静观领略，不生欲心的。所以艺术品须能超脱实用关系之上，自成一形式的境界，自织成一个超然自在的有机体。如一曲音乐飘渺于空际，不落尘网。这个艺术的有机体对外是一独立的"统一形式"，在内是"力的回旋"，丰富复杂的生命表现。于是艺术在人生中自成一世界，自有其组织与启示，与科学哲学等并立而无愧。

六、艺术与艺术家

艺术与艺术家在人生与宇宙的地位因亚里士多德的学说而提高了。飞达亚斯（Phidias）雕刻宙斯（Zeus）神像，是由心灵里创造理想的神境，不是模仿刻画一个自然的物像。艺术之创造是艺术家由情绪的全人格中发现超越的真理真境，然后在艺术的神奇的形式中表现这种真实。不是追逐幻影，娱人耳目。这个思想是自圣奥古斯丁（Aurelius Augustinus）、斐奇路斯（Marsilio Ficinus）、卜罗洛（Giordano Bruno）、歇福斯卜莱（Anthony Ashley Cooper Shaftesbury）、温克尔曼（Johann Winckelman）等等以来认为近代美学上共同的见解了。但柏拉图轻视艺术的理论，在希腊的思想界确有权威。希腊末期的哲学家普罗亭诺斯（Plotinos）就是徘徊在这两种不同的见解中间。他也像柏拉图以为真、美是绝对的、超越的存在于无迹的真界中，艺术家须能超拔自己观照到这超越形相的真、美，然后才能在个别的具体的艺术作品中表现得真、美的幻影。艺术与这真、美境界是隔离得很远的。真、美，譬如光线；艺术，譬如物体，距光愈远得光愈少。所以大艺术家最高的境界是他直接在宇宙中观照得超形相的美。这时他才是真正的艺术家,尽管他不创造艺术品。他所创造的艺术不过是这真、美境界的余辉映影而已。所以我们欣赏艺术的目的也就是从这艺术品的兴感渡入真、美的观照。艺术品仅是一座桥梁,而大艺术家自己固无需乎此。宇宙"真、美"的音乐直接趋赴他的心灵。因为他的心灵是美的。普罗亭诺斯说:"没有眼睛能看见日光,假使它不是日光性的。没有心灵能看见美,假使他自己不是美的。你若想观照神与美,先要你自己似神而美。"

原载《新中华》创刊号,1933年1月

论中西画法的渊源与基础[①]

人类在生活中所体验的境界与意义,有用逻辑的体系范围之、条理之,以表出来的,这是科学与哲学。有在人生的实践行为或人格心灵的态度里表达出来的,这是道德与宗教。但也还有那在实践生活中体味万物的形象,天机活泼,深入"生命节奏的核心",以自由谐和的形式,表达出人生最深的意趣,这就是"美"与"美术"。

所以美与美术的特点是在"形式"、在"节奏",而它所表现的是生命的内核,是生命内部最深的动,是至动而有条理的生命情调。"一切的艺术都是趋向音乐的状态。"这是派脱(W. Pater)最堪玩味的名言。

[①] 德国学者菲歇尔博士 Dr. Otto Fischer 近著《中国汉代绘画》一书,极有价值。拙文颇得暗示与兴感,特在此介绍于国人。又拙文《介绍两本关于中国画学的书并论中国的绘画》,可与此文参看。——原注

美术中所谓形式，如数量的比例、形线的排列（建筑）、色彩的和谐（绘画）、音律的节奏，都是抽象的点、线、面、体或声音的交织结构。为了集中地提高地和深入地反映现实的形象及心情诸感，使人在摇曳荡漾的律动与谐和中窥见真理，引人发无穷的意趣，绵渺的思想。

所以形式的作用可以别为三项：

（一）美的形式的组织，使一片自然或人生的内容自成一独立的有机体的形象，引动我们对它能有集中的注意、深入的体验。"间隔化"是"形式"的消极的功用。美的对象之第一步需要间隔。图画的框、雕像的石座、堂宇的栏干台阶、剧台的帘幕（新式的配光法及观众坐黑暗中）、从窗眼窥青山一角、登高俯瞰黑夜幕罩的灯火街市，这些美的境界都是由各种间隔作用造成。

（二）美的形式之积极的作用是组织、集合、配置。一言蔽之，是构图。使片景孤境能织成一内在自足的境界，无待于外而自成一意义丰满的小宇宙，启示着宇宙人生的更深一层的真实。

希腊大建筑家以极简单朴质的形体线条构造典雅庙堂，使人千载之下瞻赏之犹有无穷高远圣美的意境，令人不能忘怀。

（三）形式之最后与最深的作用，就是它不只是化实相为空灵，引人精神飞越，超入美境；而尤在它能进一步引人"由美入真"，探入生命节奏的核心。世界上唯有最生动的艺术形式……如音乐、舞蹈姿态、建筑、书法、中国戏面谱、钟鼎彝器的形态与花纹……乃最能表达人类不可言、不可状之心灵姿势与生命的律动。

每一个伟大时代，伟大的文化，都欲在实用生活之余裕，或在社会的重要典礼，以庄严的建筑、崇高的音乐、闳丽的舞蹈，表达这生命的高潮、一代精神的最深节奏（北平天坛及祈年殿是象征中国古代宇宙观最伟大的建筑）。建筑形体的抽象结构、音乐的节律与和谐、舞蹈的线纹姿势，乃最能表现吾人深心的情调与律动。

吾人借此返于"失去了的和谐，埋没了的节奏"，重新获得生命的中心，乃得真自由、真生命。美术对于人生的意义与价值在此。

中国的瓦木建筑易于毁灭，圆雕艺术不及希腊发达，古代封建礼乐生活之形式美也早已破灭。民族的天才乃借笔墨的飞舞，写胸中的逸气（逸气即是自由的超脱的心灵节奏）。所以中国画法不重具体物象的刻画，而倾向抽象的笔墨表达人格心情与意境。中国画是一种建筑的形线美、音乐的节奏美、舞蹈的姿态美。其要素不在机械的写实，而在创造意象，虽然它的出发点也极重写实，如花鸟画写生的精妙,为世界第一。

中国画真像一种舞蹈,画家解衣盘礴,任意挥洒。他的精神与着重点在全幅的节奏生命而不沾滞于个体形象的刻画。画家用笔墨的浓淡,点线的交错,明暗虚实的互映,形体气势的开合,谱成一幅如音乐如舞蹈的图案。物体形象固宛然在目,然而飞动摇曳,似真似幻,完全溶解浑化在笔墨点线的互流交错之中!

西洋自埃及、希腊以来传统的画风,是在一幅幻现立体空间的画境中描出圆雕式的物体。特重透视法、解剖学、光影凸凹的晕染。画境似可走进,似可手摩,它们的渊源与背景是埃及、希腊的雕刻艺术与建筑空间。

在中国则人体圆雕远不及希腊发达,亦未臻最高的纯雕刻风味的境界。晋、唐以来塑像反受画境影响,具有画风。杨惠之的雕塑是和吴道子的绘画相通。不似希腊的立体雕刻成为西洋后来画家的范本。而商、周钟鼎敦尊等彝器则形态沉重浑穆、典雅和美,其表现中国宇宙情绪可与希腊神像雕刻相当。中国的画境、画风与画法的特点当在此种钟鼎彝器盘鉴的花纹图案及汉代壁画中求之。

在这些花纹中人物、禽兽、虫鱼、龙凤等飞动的形象,跳跃宛转,活泼异常。但它们完全溶化浑合于全幅图案的流动花纹线条里面。物象融于花纹,花纹亦即原本于物象形线的蜕化、僵化。每一个动物形象是一组飞动线纹之节奏的交织，而融合在全幅花纹的交响曲中。它们个个生动，而个个抽象化，不雕凿凹凸立体的形似，而注重飞动姿态之节奏和韵律的表现。这内部的运动，用线纹表达出来的，就是物的"骨气"（张彦远《历代名画记》云：古之画或遗其形似而尚其骨气）。骨是主持"动"的肢体，写骨气即是写着动的核心。中国绘画六法中之"骨法用笔"，即系运用笔法把捉物的骨气以表现生命动象。所谓"气韵生动"是骨法用笔的目标与结果。

在这种点线交流的律动的形象里面，立体的、静的空间失去意义，它不复是位置物体的间架。画幅中飞动的物象与"空白"处处交融，结成全幅流动的虚灵的节奏。空白在中国画里不复是包举万象位置万物的轮廓，而是溶入万物内部，参加万象之动的虚灵的"道"。画幅中虚实明暗交融互映，构成飘渺浮动的缊缊气韵，真如我们目睹的山川真景。此中有明暗、有凹凸、有宇宙空间的深远，但却没有立体的刻画痕；亦不似西洋油画如何走进的实景，乃是一片神游的意境。因为中国画法以抽象的笔墨把捉物象骨气，写出物的内部生命，则"立体体积"的"深度"之感也自然产生，正不必刻画雕凿，渲染凹凸，反失真态，流于板滞。

然而，中国画既超脱了刻板的立体空间、凹凸实体及光线阴影；于是它的画法乃能笔笔灵虚，不滞于物，而又笔笔写实，为物传神。唐志契的《绘事微言》中有句云："墨沈留川影，笔花传石神。"笔既不滞于物，笔乃留有余地，抒写作家自己胸中浩荡之思、奇逸之趣。而引书法入画乃成中国画第一特点。董其昌云："以草隶奇字之法为之，树如屈铁，山如画沙，绝去甜俗蹊径，乃为士气。"中国特有的艺术"书法"实为中国绘画的骨干，各种点线皴法溶解万象超入灵虚妙境，而融诗心、诗境于画景，亦成为中国画第二特色。中国乐教失传，诗人不能弦歌，乃将心灵的情韵表现于书法、画法。书法尤为代替音乐的抽象艺术。在画幅上题诗写字，借书法以点醒画中的笔法，借诗句以衬出画中意境，而并不觉其破坏画景（在西洋油画上题句即破坏其写实幻境），这又是中国画可注意的特色，因中、西画法所表现的"境界层"根本不同：一为写实的，一为虚灵的；一为物我对立的，一为物我浑融的。中国画以书法为骨干，以诗境为灵魂，诗、书、画同属于一境层。西画以建筑空间为间架，以雕塑人体为对象，建筑、雕刻、油画同属于一境层。中国画运用笔勾的线纹及墨色的浓淡直接表达生命情调，透入物象的核心，其精神简淡幽微，"洗尽尘滓，独存孤迥"。唐代大批评家张彦远说："得其形似，则无其气韵。具其彩色，则失其笔法。"遗形似而尚骨气，薄彩色以重笔法。"超以象外，得其环中"，这是中国画宋元以后的趋向。然而形似逼真与色彩浓丽，却正是西洋油画的特色。中西绘画的趋向不同如此。

商、周的钟鼎彝器及盘鉴上图案花纹进展而为汉代壁画，人物、禽兽已渐从花纹图案的包围中解放，然在汉画中还常看到花纹遗迹环绕起伏于人兽飞动的姿态中间，以联系呼应全幅的节奏。东晋顾恺之的画全从汉画脱胎，以线纹流动之美（如春蚕吐丝）组织人物衣褶，构成全幅生动的画面。而中国人物画之发展乃与西洋大异其趣。西洋人物画脱胎于希腊的雕刻，以全身肢体之立体的描摹为主要。中国人物画则一方着重眸子的传神，另一方则在衣褶的飘洒流动中，以各式线纹的描法表现各种性格与生命姿态。南北朝时印度传来西方晕染凹凸阴影之法，虽一时有人模仿（张僧繇曾于一乘寺门上画凹凸花，远望眼晕如真），然终为中国画风所排斥放弃，不合中国心理。中国画自有它独特的宇宙观点与生命情调，一贯相承，至宋元山水画、花鸟画发达，它的特殊画风更为显著。以各式抽象的点、线渲皴擦摄取万物的骨相与气韵，其妙处尤在点画离披，时见缺落，逸笔撇脱，若断若续，而一点一拂，具含气韵。以丰富的暗示力与象征力代形象的实写，超脱而浑厚。大痴山人画山水，苍苍莽莽，浑化无迹，而气韵蓬松，得山川的元气；其最不似处、最荒率处，最为得神。似真似梦的境界涵浑在一无形无迹，而又无往不在的虚空中："色即是空，空即是色"，气韵流动，是诗、是音乐、是舞蹈，不是立体的雕刻！

中国画既以"气韵生动"即"生命的律动"为终始的对象，而以笔法取物之骨气，所谓"骨法用笔"为绘画的手段，于是晋谢赫的六法以"应物象形""随类赋彩"之模仿自然，及"经营位置"之研究和谐、秩序、比例、匀称等问题列在三四等地位。然而这"模仿自然"及"形式美"，（即和谐、比例等）却系占据西洋美学思想发展之中心的二大中心问题。希腊艺术理论尤不能越此范围。[①] 惟逮至近代西洋人"浮士德精神"的发展，美学与艺术理论中乃产生"生命表现"及"情感移入"等问题。而西洋艺术亦自二十世纪起乃思超脱这传统的观点，辟新宇宙观，于是有立体主义、表现主义等对传统的反动，然终系西洋绘画中所产生的纠纷，与中国绘画的作风立场究竟不相同。

西洋文化的主要基础在希腊，西洋绘画的基础也就在希腊的艺术。希腊民族是艺术与哲学的民族，而它在艺术上最高的表现是建筑与雕刻。希腊的庙堂圣殿是希腊文化

---

① 参看拙文：《哲学与艺术——希腊大哲学家的艺术理论》。——原注

生活的中心。它们清丽高雅、庄严朴质,尽量表现"和谐、匀称、整齐、凝重、静穆"的形式美。远眺雅典圣殿的柱廊,真如一曲凝住了的音乐。哲学家毕达哥拉斯视宇宙的基本结构,是在数量的比例中表示着音乐式的和谐。希腊的建筑确象征了这种形式严整的宇宙观。柏拉图所称为宇宙本体的"理念",也是一种合于数学形体的理想图形。亚里士多德也以"形式"与"质料"为宇宙构造的原理。当时以"和谐、秩序、比例、平衡"为美的最高标准与理想,几乎是一班希腊哲学家与艺术家共同的论调,而这些也是希腊艺术美的特殊征象。

然而希腊艺术除建筑外,尤重雕刻。雕刻则系模范人体,取象"自然"。当时艺术家竞以写幻逼真为贵。于是"模仿自然"也几乎成为希腊哲学家、艺术家共同的艺术理论。柏拉图因艺术是模仿自然而轻视它的价值。亚里士多德也以模仿自然说明艺术。这种艺术见解与主张系由于观察当时盛行的雕刻艺术而发生,是无可怀疑的。雕刻的对象"人体"是宇宙间具体而微,近而静的对象。进一步研究透视术与解剖学自是当然之事。中国绘画的渊源基础却系在商周钟鼎镜盘上所雕绘大自然深山大泽的龙蛇虎豹、星云鸟兽的飞动形态,而以卍字纹回纹等连成各式模样以为底,借以象征宇宙生命的节奏。它的境界是一全幅的天地,不是单个的人体。它的笔法是流动有律的线纹,不是静止立体的形象。当时人尚系在山泽原野中与天地的大气流衍及自然界奇禽异兽的活泼生命相接触,且对之有神魔的感觉(楚辞中所表现的境界)。他们从深心里感觉万物有神魔的生命与力量。所以他们雕绘的生物也琦玮诡谲,呈现异样的生气魔力。(近代人视宇宙为平凡,绘出来的境界也就平凡。所写的虎豹是动物园铁栏里的虎豹,自缺少深山大泽的气象)希腊人住在文明整洁的城市中,地中海日光朗丽,一切物象轮廓清楚。思想亦游泳于清明的逻辑与几何学中。神秘奇诡的幻感渐失,神们也失去深沉的神秘性,只是一种在高明愉快境域里的人生。人体的美,是他们的渴念。在人体美中发现宇宙的秩序、和谐、比例、平衡,即是发现"神",因为这些即是宇宙结构的原理,神的象征。人体雕刻与神殿建筑是希腊艺术的极峰,它们也确实表现了希腊人的"神的境界"与"理想的美"。

西洋绘画的发展也就以这两种伟大艺术为背景、为基础,而决定了它特殊的路线与境界。

希腊的画,如庞贝古城遗迹所见的壁画,可以说是移雕像于画面,远看直如立体雕刻的摄影。立体的圆雕式的人体静坐或站立在透视的建筑空间里。后来西洋画法所用油色与毛刷尤适合于这种雕塑的描形。以这种画与中国古代花纹图案画或汉代南阳及四川壁画相对照，其动静之殊令人惊异。一为飞动的线纹，一为沉重的雕像。谢赫的六法以气韵生动为首目，确系说明中国画的特点，而中国哲学如《易经》以"动"说明宇宙人生（天行健、君子以自强不息），正与中国艺术精神相表里。

希腊艺术理论既因建筑与雕刻两大美术的暗示，以"形式美"（即基于建筑美的和谐、比例、对称平衡等）及"自然模仿"（即雕刻艺术的特性）为最高原理，于是理想的艺术创作即系在模仿自然的实相中同时表达出和谐、比例、平衡、整齐的形式美。一座人体雕像须成为一"典范的"，即具体形象溶合于标准形式，实现理想的人像，所谓柏拉图的"理念"。希腊伟大的雕刻确系表现那柏拉图哲学所发挥的理念世界。它们的人体雕像是人类永久的理想型范，是人世间的神境。这位轻视当时艺术的哲学家，不料他的"理念论"反成希腊艺术适合的注释，且成为后来千百年西洋美学与艺术理论的中心概念与问题。

西洋中古时的艺术文化因基督教的禁欲思想，不能有希腊的茂盛，号称黑暗时期。然而哥特式（gothic）的大教堂高耸入云，表现强烈的出世精神，其雕刻神像也全受宗教热情的支配，富于表现的能力，实灌输一种新境界、新技术给予西洋艺术。然而须近代西洋人始能重新了解它的意义与价值。(前之如歌德,近之如法国罗丹及德国的艺术学者。而近代浪漫主义、表现主义的艺术运动,也于此寻找他们的精神渊源。)

十五、十六世纪"文艺复兴"的艺术运动则远承希腊的立场而更渗入近代崇拜自然、陶醉现实的精神。这时的艺术有两大目标:即"真"与"美"。所谓真,即系模范自然,刻意写实。当时大天才(画家、雕刻家、科学家)达·芬奇(L. da Vinci)在他著名的《画论》中说:"最可夸奖的绘画是最能形似的绘画。"他们所描摹的自然以人体为中心,人体的造像又以希腊的雕刻为范本。所以达·芬奇又说:"圆描(即立体的雕塑式的描绘法)是绘画的主体与灵魂。"(白华按:中国的人物画系一组流动线纹之节律的组合,其每一线有独立的意义与表现,以参加全体点线音乐的交响曲。西画线条乃为描画形体轮廓或皴擦光影明暗的一分子,其结果是隐没在立体的幻象里,不见其痕迹,真可谓隐迹立形。中国画则正在独立的点线皴擦中表现境界与风格。然而亦由于中、西绘画工具之不同。中国的墨色若一刻画,即失去光彩气韵。西洋油色的描绘不惟幻出立体,且有明暗闪耀烘托无限情韵,可称"色彩的诗"。而轮廓及衣褶线纹亦有其来自希腊雕刻的高贵的美。)达·芬奇这句话道出了西洋画的特点。移雕刻入画面是西洋画传统的立场。因着重极端的求"真",艺术家从事人体的解剖,以祈认识内部构造的真相。尸体难得且犯禁,艺术家往往黑夜赴坟地盗尸,斗室中灯光下秘密肢解,若有无穷意味。达·芬奇也曾亲手解剖男女尸体三十余,雕刻家唐迪(Donti)自夸曾手剖八十三具尸体之多。这是西洋艺术家的科学精神及西洋艺术的科学基础。还有一种科学也是西洋艺术的特殊观点所产生,这就是极为重要的透视学。绘画既重视自然对象之立体的描摹,而立体对象是位置在三进向的空间,于是极重要的透视术乃被建筑家卜鲁勒莱西(Brunelleci)于十五世纪初期发现,建筑家阿柏蒂(Alberti)第一次写成书。透视学与解剖学为西洋画家所必修,就同书法与诗为中国画家所必涵养一样。而阐发这两种与西洋油画有如此重要关系之学术者为大雕刻家与建筑家,也就同阐发中国画理论及提高中国画地位者为诗人、书家一样。

求真的精神既如上述,求真之外则求"美",为文艺复兴时画家之热烈的憧憬。真理披着美丽的外衣,寄"自然模仿"于"和谐形式"之中,是当时艺术家的一致的企图。而和谐的形式美则又以希腊的建筑为最高的型范。希腊建筑如巴泰龙(Parthenon)的万神殿表象着宇宙永久秩序;庄严整齐,不愧神灵的居宅。大建筑学家阿柏蒂在他的名著《建筑论》中说:"美即是各部分之谐合,不能增一分,不能减一分。"又说:"美是一种协调,一种和声。各部会归于全体,依据数量关系与秩序,适如最圆满之自然律'和谐'所要求。"于此可见文艺复兴所追求的美仍是踵步希腊,以亚里士多德所谓"复杂中之统一"(形式和谐)为美的准则。

"模仿自然"与"和谐的形式"为西洋传统艺术(所谓古典艺术)的中心观念已如上述。模仿自然是艺术的"内容",形式和谐是艺术的"外形",形式与内容乃成西洋美学史的中心问题。在中国画学的六法中则"应物象形"(即模仿自然)与"经营位置"(即形式和谐)列在第三第四的地位。中、西趋向之不同,于此可见。然则西洋绘画不讲求气韵生动与骨法用笔么?似又不然!

西洋画因脱胎于希腊雕刻,重视立体的描摹;而雕刻形体之凹凸的显露实又凭借光线与阴影。画家用油色烘染出立体的凹凸,同时一种光影的明暗闪动跳跃于全幅画面,使画境空灵生动,自生气韵。故西洋油画表现气韵生动,实较中国色彩为易。而中国画则因工具写光困难,乃另辟蹊径,不在刻画凸凹的写实上求生活,而舍具体、趋抽象,于笔墨点线皴擦的表现力上见本领。其结果则笔情墨韵中点线交织,成一音乐性的"谱构"。其气韵生动为幽淡的、微妙的、静寂的、洒落的，没有彩色的喧哗炫耀，而富于心灵的幽深淡远。

中国画运用笔法墨气以外取物的骨相神态，内表人格心灵。不敷彩色而神韵骨气已足。西洋画则各人有各人的"色调"以表现各个性所见色相世界及自心的情韵。色彩的音乐与点线的音乐各有所长。中国画以墨调色，其浓淡明晦，映发光彩，相等于油画之光。清人沈宗骞在《芥舟学画篇》里论人物画法说："盖画以骨格为主。骨干只须以笔墨写出，笔墨有神，则未设色之前，天然有一种应得之色，隐现于衣裳环佩之间，因而附之，自然深浅得宜，神采焕发。"在这几句话里又看出中国画的笔墨骨法与西洋画雕塑式的圆描法根本取象不同，又看出彩色在中国画上的地位，系附于笔墨骨法之下，宜于简淡，不似在西洋油画中处于主体地位。虽然"一切的艺术都是趋向音乐"，而华堂弦响与明月箫声，其韵调自别。

西洋文艺复兴时代的艺术虽根基于希腊的立场，着重自然模仿与形式美，然而一种近代人生的新精神，已潜伏滋生。"积极活动的生命"和"企向无限的憧憬"，是这新精神的内容。热爱大自然，陶醉于现世的美丽；眷念于光、色、空气。绘画上的彩色主义替代了希腊云石雕像的净素妍雅。所谓"绘画的风俗"继古典主义之"雕刻的风格"

而兴起。于是古典主义与浪漫主义,印象主义、写实主义与表现主义、立体主义的争执支配了近代的画坛。然而西洋油画中所谓"绘画的风格",重明暗光影的韵调,仍系来源于立体雕刻上的阴影及其光的氛围。罗丹的雕刻就是一种"绘画风格"的雕刻。西洋油画境界是光影的气韵包围着立体雕像的核心。其"境界层"与中国画的抽象笔墨之超实相的结构终不相同。就是近代的印象主义,也不外乎是极端的描摹目睹的印象(渊源于模仿自然)。所谓立体主义,也渊源于古代几何形式的构图,其远祖在埃及的浮雕画及希腊艺术史中"几何主义"的作风。后期印象派重视线条的构图,颇有中国画的意味,然他们线条画的运笔法终不及中国的流动变化、意义丰富,而他们所表达的宇宙观景仍是西洋的立场,与中国根本不同。中画、西画各有传统的宇宙观点,造成中、西两大独立的绘画系统。

现在将这两方不同的观点与表现法再综述一下,以结束这篇短论:

(一)中国画所表现的境界特征,可以说是根基于中国民族的基本哲学,即《易经》的宇宙观:阴阳二气化生万物,万物皆禀天地之气以生,一切物体可以说是一种"气积"(庄子:天,积气也)。这生生不已的阴阳二气织成一种有节奏的生命。中国画的主题"气韵生动",就是"生命的节奏"或"有节奏的生命"。伏羲画八卦，即是以最简单的线条结构表示宇宙万象的变化节奏。后来成为中国山水花鸟画的基本境界的老、庄思想及禅宗思想也不外乎于静观寂照中，求返于自己深心的心灵节奏，以体合宇宙内部的生命节奏。中国画自伏羲八卦、商周钟鼎图花纹、汉代壁画、顾恺之以后历唐、宋、元、明，皆是运用笔法、墨法以取物象的骨气，物象外表的凹凸阴影终不愿刻画，以免笔滞于物。所以虽在六朝时受外来印度影响，输入晕染法，然而中国人则终不愿描写从"一个光泉"所看见的光线及阴影，如目睹的立体真景。而将全幅意境谱入一明暗虚实的节奏中，"神光离合，乍阴乍阳"（《洛神赋》语），以表现全宇宙的气韵生命，笔墨的点线皴擦既从刻画实体中解放出来，乃更能自由表达作者自心意匠的构图。画幅中每一丛林、一堆石，皆成一意匠的结构，神韵意趣超妙，如音乐的一节。气韵生动，由此产生。书法与诗和中国画的关系也由此建立。

（二）西洋绘画的境界，其渊源基础在于希腊的雕刻与建筑（其远祖尤在埃及浮雕及容貌画）。以目睹的具体实相融合于和谐整齐的形式，是他们的理想（希腊几何学研究具体物形中之普遍形象，西洋科学研究具体之物质运动，符合抽象的数理公式，盖有同样的精神）。雕刻形体上的光影凹凸利用油色晕染移入画面,其光彩明暗及颜色的鲜艳流丽构成画境之气韵生动。近代绘风更由古典主义的雕刻风格进展为色彩主义的绘画风格,虽象征了古典精神向近代精神的转变,然而它们的宇宙观点仍是一贯的,即"人"与"物","心"与"境"的对立相视。不过希腊的古典的境界是有限的具体宇宙包含在和谐宁静的秩序中,近代的世界观是一无穷的力的系统在无尽的交流的关系中。而人与这世界对立,或欲以小己体合于宇宙,或思戡天役物,伸张人类的权力意志,其主客观对立的态度则为一致(心、物及主观、客观问题始终支配了西洋哲学思想)。

而这物、我对立的观点,亦表现于西洋画的透视法。西画的景物与空间是画家立在地上平视的对象,由一固定的主观立场所看见的客观境界,貌似客观实颇主观(写实主义的极点就成了印象主义)。就是近代画风爱写无边无际的风光,仍是目睹具体的有限境界,不似中国画所写近景一树一石也是虚灵的、表象的。中国画的透视法是提神太虚,从世外鸟瞰的立场观照全整的律动的大自然,他的空间立场是在时间中徘徊移动,游目周览,集合数层与多方的视点谱成一幅超象虚灵的诗情画境(产生了中国特有的手卷画)。所以它的境界偏向远景。"高远、深远、平远",是构成中国透视法的"三远"。在这远景里看不见刻画显露的凹凸及光线阴影。浓丽的色彩也隐没于轻烟淡霭。一片明暗的节奏表象着全幅宇宙的细缊的气韵,正符合中国心灵蓬松潇洒的意境。故中国画的境界似乎主观而实为一片客观的全整宇宙,和中国哲学及其他精神方面一样。"荒寒""洒落"是心襟超脱的中国画家所认为最高的境界(元代大画家多为山林隐逸,画境最富于荒寒之趣),其体悟自然生命之深透,可称空前绝后,有如希腊人之启示人体的神境。

中国画因系鸟瞰的远景,其仰眺俯视与物象之距离相等,故多爱写长方立轴以揽自上至下的全景。数层的明暗虚实构成全幅的气韵与节奏。西洋画因系对立的平视,故多用近立方形的横幅以幻现自近至远的真景。而光与阴影的互映构成全幅的气韵流动。

中国画的作者因远超画境,俯瞰自然,在画境里不易寻得作家的立场,一片荒凉,似是无人自足的境界。(一幅西洋油画则须寻找得作家自己的立脚观点以鉴赏之)然而中国作家的人格个性反因此完全融化潜隐在全画的意境里,尤表现在笔墨点线的姿态意趣里面。

还有一件可注意的事,就是我们东方另一大文化区印度绘画的观点,却系与西洋希腊精神相近,虽然它在色彩的幻美方面也表现了丰富的东方情调。印度绘法有所谓"六分",梵云"萨邓迦",相传在西历第三世纪始见记载,大约也系综括前人的意见,如中国谢赫的六法,其内容如下:

(1) 形象之知识;(2) 量及质之正确感受;(3) 对于形体之情感;(4) 典雅及美之表示;(5) 逼似真相;(6) 笔及色之美术的用法。[①]

综观六分,颇乏系统次序。其(1)(2)(3)(5)条不外乎模仿自然,注重描写形象质量的实际。其(4)条则为形式方面的和谐美。其(6)条属于技术方面。全部思想与希腊艺术论之特重"自然模仿"与"和谐的形式"洽相吻合。希腊人、印度人同为阿利安人种,其哲学思想与宇宙观念颇多相通的地方。艺术立场的相近也不足异了。魏晋六朝间,印度画法输入中国,不啻即是西洋画法开始影响中国,然而中国吸取它的晕染法而变化之,以表现自己的气韵生动与明暗节奏,却不袭取它凹凸阴影的刻画,仍不损害中国特殊的观点与作风。

然而中国画趋向抽象的笔墨,轻烟淡彩,虚灵如梦,洗净铅华,超脱暄丽耀彩的色相,却违背了"画是眼睛的艺术"之原始意义。"色彩的音乐"在中国画久已衰落。

[①] 见吕凤子:《中国画与佛教之关系》,载《金陵学报》。——原注

（近见唐代式壁画，敷色浓丽，线条劲秀，使人联想文艺复兴初期画家薄蒂采丽的油画）幸宋、元大画家皆时时不忘以"自然"为师，于造化细缊的气韵中求笔墨的真实基础。近代画家如石涛，亦游遍山川奇境，运奇姿纵横的笔墨，写神会目睹的妙景，真气远出，妙造自然。画家任伯年则更能于花卉翎毛表现精深华妙的色彩新境，为近代稀有的色彩画家，令人反省绘画原来的使命。然而此外则颇多一味模仿传统的形式，外失自然真感，内乏性灵生气，目无真景，手无笔法。既缺绚丽灿烂的光色以与西画争胜，又遗失了古人雄浑流丽的笔墨能力。艺术本当与文化生命同向前进；中国画此后的道路，不但须恢复我国传统运笔线纹之美及其伟大的表现力，尤当倾心注目于彩色流韵的真景，创造浓丽清新的色相世界。更须在现实生活的体验中表达出时代的精神节奏。因为一切艺术虽是趋向音乐，止于至美，然而它最深最后的基础仍是在"真"与"诚"。

原载中央大学《文艺丛刊》第 1 卷第 2 期，1934 年 10 月出版

昙花一现

世间有一些人,他的灵魂太优美、太可爱,而太柔脆,仿佛一缕轻云,只能远远地照瞩人间,徘徊天上;一堕人世,就立刻感到他的不相宜,不在行,结果是遭受种种摧残挫折,人类的或自然的,而以他的痛苦,他们的不幸替人间留下了一朵美丽的昙花一现。

雪莱死于海,济芝死于贫病及批评家的残酷,徐志摩死于飞机,方玮德死于痾疾的苦痛,都使我们有这种昙花一现的惨痛的感觉。

方玮德真是一个可爱的大孩子!这样地具有孩子气,孩子心,一片天真,以孩子的口吻随嘴诌出美丽的谎,唱出美丽的诗歌,在我生平还只见着他一个。而他竟以极深苦痛的病匆匆的死了,令人真是痛心!

九姑方令孺去北平看他的病,回来说:"他的病是没有希望了。每天上午比较清醒，下午就沉沉昏睡，身体上的痛苦是不用说的。然而他清醒的时候，总是有说有笑，同医生打趣，诙谐百出，明明晓得死在眼前，却忘却了它的存在；并不是不怕死，却是只要有一刻生机，即有十分生趣，脸上颜色鲜艳，神彩如虹，表现从未见过的美丽，令人忘掉了那头脸下面的瘦体如柴及不可名言的痛楚。"啊，这真是象征了一个美丽天真的心灵对这残酷世界的超越与胜利！

玮德去夏带病到北平去，是准备同他的见面仅仅数次而情书已通数百通的爱人黎女士（宪初）——他们的情书，玮德曾让我窥读一部分，我看在现代文学里尚未见过这样情文并美的情书——正式订婚，不料他到北平不久就病倒了，黎女士尽心服侍，数月不懈，鞠躬憔悴，人所不堪，真正表示了伟大的牺牲的精神的爱，她是玮德短短的生命中唯一的幸福与最后的安慰。她给予玮德这灰色苦痛的人生披上了一幅温柔的金色轻绡，使玮德能对生命谅解。

然而，这话错了。玮德始终是热爱生命的，始终是随时忘掉痛苦以博得生命的欢笑与光彩的，他所到之处，满室春风，所以没有人见着他而不欢喜他，人人爱他的笑靥，爱他的一团孩气，爱他的天生的潇洒。听见他的死耗的朋友，没有一个不感到突然的心痛如割，仿佛割去我们一

—191

种珍宝，只觉得是不可信，不可思议，不懂造化何以这样无情，就不让他在二十几年不断的疾病痛楚中稍稍享受一点人生，享受一点恋爱，让他多写几首不害人不误国的白话诗！

提起他的白话诗，真是新文学里的粒粒珍珠。情致的热烈而潇洒，文字的流利飘逸，节奏韵律完全来自他一片天真的心，反对白话诗的人，如果真肯虚心读它，恐怕也可以改变他们的顽固成见（可惜还没有有识的书店，肯将他自编的诗集出版，然而他的诗之可以长存是无疑的）。

昙花一现的方玮德，你的灵魂同你的诗，将以昙花一样的美丽，永远映现在爱美的人们的心里。

原刊于《文艺月刊》第 7 卷第 6 期《方玮德特辑》

凤凰山读画记

1942年3月29日青年节，吕斯伯兄来函约我到他画室里去看画，并说代邀李长之君同去。我们两人从容上道，爬上凤凰山顶，走近门口，这时吕斯伯兄同他的夫人迎着出来，邀我们直进他的画室。五六十张大大小小的油画，琳琅美满，虽然灰尘掩上了许多画面，但是掩盖不了它们内在的光芒。

斯伯的画，本也不是一见就令人得到刺激和兴奋的。他的画境，正像他的为人和性格，"静"和"柔"两字可以代表，静故能深，柔故能和。画中静境最不易到。静不是死亡，反而到是甚深微妙的潜隐的无数的动，在艺术家超脱广大的心襟里显呈了动中有和谐有韵律，因此虽动却显得极静。这个静里，不但潜隐着飞动，更是表示着意境的幽深。唯有深心人才能刊落纷华、直造深境幽境。陶渊明、王摩诘、孟浩然、韦苏州这些第一流大诗人的诗,都是能写出这最深的静境的。不能体味这个静境,可以说就不能深入中国古代艺术的堂奥!

我们看斯伯的每一张画,无论静物、画像、山水,都笼罩着一层恬静幽远而又和悦近人的意味,能令人同它们发生灵魂上的接触,得到灵魂上的安慰。你看他画的大油菜,简直是希腊庙堂境界:庄严、深厚、静穆,而暗示着生命的源泉。你看他瓶中野菊花,多么真实生动,巧夺天工,朵朵花都是作者的精思细察,而手上的笔触能够微妙地表出。他的桔柑:形的浑圆,色的流韵,把握到最深的实在,因而把握到实在里的诗。戴醇士(熙)说得好:"画令人惊,不如令人喜,令人喜,不如令人思。"这个思,不是科学家的分析,而是哲人对世界静物之深切的体味。艺术家在掘发世界静物的形、色、线、体时,无意地获得物里面潜隐的真、善、美,因而使画境深而圆融,令人体味不尽,而物里面的"和谐"与"韵律"之启示,更是艺术家对人类最珍贵的赠与,我们现代生活里面有"和谐"吗?有"韵律"吗?

我爱斯伯画里面静而冷的境界,可以令人思,令人神凝意远。然而我更爱斯伯的静而有热的画,我称之为"嫩春境界"。他的几幅初春野景,色调的柔韵欲流,氛围的和雅明艳,令人心醉,如饮春风,如吸春胶。我心里暗中盼望它不全卖去,让我们这些朋友能够常到他画室里来流连欣赏!(听他说,他要在四月中旬,把他十四年来的油画作品六七十幅,举行第一次的画展了。)

原刊于《时事新报·学灯》1944年4月20日

团山堡读画记

前年盟军攻占罗马后,新闻记者去访问隐居在罗马近郊的哲学家桑达耶那(Santayana)。一位八十高龄的老人,仍然精神矍铄地探索着这人生之谜,不感疲倦。记者问他对这次世界大战的意见。罗马近郊是那么接近炮火的中心。桑达耶那悠然地答道:"我已经多时没有报纸了,我现在常常生活在永恒的世界里!"

什么是这可爱可羡的永恒世界呢?

我这几年因避空袭——并不是避现实——住在柏溪对江大保附近的农家,在这狂涛骇浪的大时代中,我的生活却像一泓池沼,只照映着大保的松间明月,江上清风。我的心底深暗处永远潜伏一种渴望,渴望着热的生命,广大的世界。涓涓的细流企向着大海。

今年一个夏晚,司徒乔卿兄突然见访。阔别已经数年了，我忙问他别后的行踪。他说他这几年是"东南西北之人"，先到过中国的东南角，后游中国的西北角，从南海风光到沙漠情调，他心灵体验的广袤是既广且深，作画无数。我听了异常惊喜。我说我一定要来看你的创作，填补我这几年精神的寂寞。到了9月26日，我同吴子咸兄相约同往金刚坡团山堡去访司徒乔卿兼践傅抱石兄之宿约。不料团山堡四周风景直能入画。背面高峰入云，时隐时现，前面一望广阔，而远山如环，气象万千，不必南海塞北，即此已是他的"大海"了。入夜松际月出，尤为清寂。抱石来畅谈极乐。次晨，即求乔卿展示所作。因有一大部正付装裱，未获窥及全豹，颇为怅怅。然就所见，已深感乔卿兄视觉之深锐，兴趣之广博，技术之熟练，而尤令我满意的，是他能深深地体会和表现那原始意味的、纯朴的宗教情操。西北沙漠中这种最可宝贵、最可艳羡的笃厚的宗教情调，这浑朴的元气，真是够味。回看我们都会中那些心灵早已淘空了的行尸走肉，能不令人作呕！《晨祷》《大荒饮马》《马程归来》《天山秋水》《茶叙》《冰川归人》等等，它们的美，不只是在形象、色调、技法，而是在这一切里面透露的情调、气氛，丝毫不颓废的深情与活力。这是我们艺术所需要的，更是我们民族品德所需要的。所以我希望乔卿的画展，能发生精神教育的影响。

但乔卿既能画热情动人、活泼飞跃的舞女,引起我对生命的渴望,感到身体的节拍,而他又画得轻灵似梦、幽深如诗的美景,令人心醉,其味更为隽永。大概因为我们是东方人罢,对这《清静境》,对这《默》,尤对那幅《再会》,感到里面有说不尽的意味。画家在这里用新的构图、新的配色,写出我们心中永恒的最深的音乐;在这里,表面上似乎是新的形式,面骨子里是东方人悠古的世界感触。在这里,我怀疑乔卿受了他夫人伊湄的潜移默化,因为这里面颇具有着伊湄女士所写词集中的意境。据说伊湄女士是司徒先生每一创作最先的一个深刻的批评者。

我在团山堡画室里住了两夜,饱看山光云影,夜月晨曦,读乔卿的画,伊湄的词。第二天又去打扰傅抱石兄,欣赏他近年作品和夫人的烹调。一件意外的收获,就是得到一册司徒圆(乔卿的长女)从四岁到九岁所写的小诗,加上抱石兄的同样年龄的长子小石的插画,册名《浪花》,是郭沫若兄在政治部"四维"小丛书里出版的。这本小书里洋溢着天真的灵感,令人生最纯净的愉快。司徒圆四岁半在沪粤舟中写第一首小诗:

浪花白,浪花美,
朵朵浪花,朵朵白玫瑰。

天真的想象，天真的音调，天真的措词，真是有味。又《大海水》一首：

大海水，真怪气，
雨来会生疮，风来会皱皮。

又《大雨》一首：

大雨纷纷下，
树木都很佩服他，
树木不停地鞠躬，
把腰弯到地下。

这里是童真的世界。这童真的世界是否就是桑达耶那所常住的永恒世界呢？

原刊于《大公报》1945年11月4日

与宣夫谈画

"我的画不愿意题上富有诗意的画题。我画里要是有诗,它自然会逃不了鉴赏者的心目,要是根本没有诗,题上一条优雅的名字,也题不出诗来。"——当秦宣夫兄取出他的一张张近作来给我看时,口里这样说。

他这话是具有深厚的意义的。我想起罗丹在他的谈话录里常常欢喜说:"艺术家只要看清楚了自然,把它如实地表现出来就得了,不必对自然作什么解释,也不要灌注什么诗意情感进去!"

本来"自然"里一朵花,一枝叶,一只草虫,一个人体,甚至一块人体上的凹凸的面,这里面所涵藏的境界,所潜存的智慧,它里面的数学、光学、生理学、解剖学,是超过我们人类渺小的学识,聪明不知若干倍。它里面,蕴藏的美、真、善，也是具有不可窥尽的深。我们要用崇高的感情去接近它，朝拜它，等若干时间之后，像情人耐心等待他的美人的回首转目，她蓦一顾盼，偶示色相，你，画家，就可取之不尽，用之不竭，创辟天地，裁就作风。

世上的艺术家，可有二型，一是亲密自然的，一是离开自然的。离开自然的作风，像埃及的画，西洋中古的雕刻，现代立体派表现派的画。亲密自然的，对昼、夜、风、雨、霞光、月色、花、草、虫、天边的飞鸟、水边的沙痕，点点痕痕都是他眼中的泪，心里的血，画着它们，就是画着自己的梦魂。

古人说"诗者天地之心"，原来天地要借人类的诗、画、音乐、雕刻、建筑，写出他的"心"来。画家只要虔诚地去实写自然，那自然的诗心，会自己不待邀请地从你的画面跳出来。所以我看了宣夫的许多幅的油画后，就对宣夫说："你对自然具有这样深的爱，'自然'没有不报答你的爱情。你看你的《山雨欲来》那幅画，全幅色调那样幽冷而雄奇，你说那里面不透露着天地的诗心吗？你的《磁器的胜利日》不是在平凡粗陋的现实上面笼罩着无限的诗意，透着大自然一体同仁的爱吗？你的《农民节》不是那大自然借着勤劳终年，心地无邪的农民的欢舞写出它的朴质的喜剧吗？你的《幼女》《少女》《幼女与菊》，哪一幅不是大自然借你画笔对我们这残酷愚蠢的人类重新显示'人生的真理'？你那幅《沙磁工厂》不是对于现代的工业区也厌恶，大自然把它拥到自己的温暖的怀抱里面了吗？"

　　自然把一切都美化了，善化了，真化了，而我们人类现在仍在进行着一项工作，要毁灭一切自然赠与我们的价值！摧毁人类的千年辛辛苦苦所创造累积的价值！宣夫兄，你的感想怎么样？你这点辛苦的制造品将来又怎么样？

　　　　　　　　　　刊于《大公报》1945年12月9日

论《游春图》

如果我们把隋唐的丰富多彩、雄健有力的艺术和文化比作中国文化史上的浓春季节，那么，展子虔的这幅《游春图》，便是隋唐艺术发展里的第一声鸟鸣，带来了整个的春天气息和明媚动人的景态。这"春"支配了唐代艺术的基本调子。如果我们把唐代艺术文化比拟欧洲 16 世纪的文艺复兴，那么，展子虔这幅《游春图》就相当于 15 世纪意大利画家菩提彻利（Botticelli）的《春》和《爱神的诞生》。在意境内容和笔法风格上，两春都可作有趣的比较。展子虔这幅画里的"春漪吹縠动轻澜"（原画后冯子振题诗）可以和《爱神的诞生》里两个风神在空际吹着春风，水上涟漪縠縠的景态相通。《游春图》里的"桃蹊李径葩未残"（冯题句）也可以和《春》里的满地落英缤纷相对映。展子虔用笔尚未脱尽六朝以来山水画的稚拙纤细的风味，菩提彻利也一样。正是这种稚拙令人玩味不尽，给予后人深刻的感受。但展画和菩画也有不同处，这就是后者仍以人物（裸体女神）占主要地位，而前者已以一望无边咫尺千里的开阔山水为主要对象了。中国山水画在六朝已经萌芽，《游春图》正是我国保存下来的第一幅完整优美的山水画，它在我国艺术史上具有极大的价值。

关于展子虔的事迹，我们知道的不多。他生活在第6世纪下半叶。公元589年，隋文帝在东都设立"妙楷""宝迹"二台，藏古文画，展子虔曾从江南去服务。他擅长山水、人物、台阁，也画过不少壁画，他用笔虽未尽脱六朝遗意，但已摆脱了佛教的悲观者出世情调。他用细致遒劲的线条描绘形象，尤长于以青绿作主调。如这幅《游春图》使用青绿勾填，所画春山花树，殿阁游骑，线条纤细活泼，色调明快秀丽，看了令人喜爱山川，珍重生活。

宋朝大批评家董逌在《广川画跋》里赞扬他画的马说："展子虔作立马而有走势，其卧马而有腾骧起跃势，若不可掩复也。"在山水画中，他也抓住人物的内在生命，表现出山川的全面景象和这景象里的流动气氛——春。

原刊《人民画报》1958年第3期

关于山水诗画的点滴感想

民歌开端的句子多半是采取自然景物。民歌里的"月子湾湾照九州"早已被古人注意到了。这就是所谓起兴。见景生情,因物起兴,这本是写诗时很自然的过程。《诗经》三百篇里有些被古人称作"兴"体的,多半是开端两句或一句描写自然景物:山水、鸟兽、草木等,以便引起下面的思想情感。主观里引起的这种思想情感和客观的形象结合着,使形象成了思想情感的象征,歌唱出来,便成了诗。民歌里的"船夫号子"的领唱者在摇桨前进中四面瞻望,看见天际乌云卷起,风来浪涌,便用歌词唱了出来,指挥众人注意加劲划桨,勇猛向前,抵抗风暴。众人边唱边划,紧张地度过风险,天晴浪静后歌声徐缓,悠然远逝。如《澧水船夫号子》就是一首很好的壮丽紧张的歌曲,不亚于《伏尔加船夫曲》。《诗经》三百篇里本来大部分是民歌，保存了不少这种从劳动中来的"兴"体的诗。这"兴"体诗是以形容自然景物开端的。山水风物的描写在这里建立了它的根基。《诗经》里这类的景物描写是优秀而有力的。刘勰在他著名的《文心雕龙》里说："原夫登高之旨，盖睹物兴情，情以物兴，故义必明雅；物以情观，故辞必巧丽。"（《诠赋》）又说："山沓水匝，树杂云合。目既往还，心亦吐纳。春日迟迟，秋风飒飒。情往似赠，兴来如答。"（《物色》）明末爱国思想家王船山在他的《夕堂永日绪论内编》里说："不能作景语，又何能作情语耶？古人绝唱多景语，如'高台多悲风''蝴蝶飞南园''池塘生春草''亭皋木叶下''芙蓉露下落'，皆是也。而情寓其中矣。以写景之心理言情，则身心独喻之微轻安拈出。"好一个"身心独喻之微轻安拈出"。明末遗民石涛在国破家亡之后所画的山水画里，就寄托了他的悲愤、抑郁。他的朋友张鹤野题他的山水画说："零碎山川颠倒树，不成图画更伤心。"鹤野又题一幅《渔翁垂钓图》说："可怜大地鱼虾尽，犹有垂竿独钓翁。"这里写出了满人入关后，人民所遭的惨劫。宋朝遗民郑所南画兰草不画兰根及泥土，表示大宋已失去了国土，这幅画和他所写的《心史》出于同一沉痛的心情。

　　山水、花鸟和草木不也是能寄托深刻的政治意识吗？

歌德的《浮士德》末尾总结性的两句诗说："一切的消逝者，都是一象征。"屈原拿美人、香草寄托他的爱国热情，不是成了千古的名作吗？所以主要的问题是看你怎样处理这些题材。题材是画家、诗人寄托思想感情的客体形象，在艺术境界里主要的还是它所寄托和表达出来的思想情感。所以，题材可以取之于世界上的万千形象。没有什么形象是消根的。山水是大物，对于我们思想感情的启发是非常广泛而深厚的。人类所接触的山水环境本是人类加工的结果，是"人化的自然"。喜爱山水就是喜爱人类自己的成就。陶渊明歌颂"良苗亦怀新"，是因为这良苗的怀新有他自己的劳动在里面。他"采菊东篱下，悠然见南山"，是因为南山给予了他劳动时的安慰和精神上的休息。陶渊明正是在自己辛勤的劳动里体会到大自然山水给予他的慈惠和精神的养育。谢灵运的政治野心也在他的泛海诗句"溟涨无端倪，虚舟有超越"里透露了出来，招致统治阶层的疑忌。

中国社会主义的建设，使我国的山河大地改变了容貌，我们更加感到"江山如此多娇"。革命领袖赞美了这新的手创的江山，傅抱石、关山月又把这诗句画了出来，这就是我们新的山水诗画的代表作。我们有《黄河大合唱》，我们有《春到西藏》，还有许许多多赞颂我们新江山的山水画、山水诗。自有人类历史以来，这山水就和人类血肉相连，人类世世代代的情感、思想、希望和劳动都在这山水里刻下了深刻的烙印。中国的山水已具有着中国人民的精神面貌，假使有人从海外归来，脚踏上我们的国土时，就会亲切地感受到中国山水的特殊意味和境界，而这些意味也早已反映在我国千余年来的山水诗画里。这些山水诗画达到极高的艺术成就，并为各国艺术界所早已赞扬和研究。宋元的山水花鸟画在清朝末年不被本国反动统治阶级重视，无价的珍品流落海外的也极多。解放以后，我国政府珍贵文化遗产，才彻底地禁止出国，好让我们来继承它和向前推进。我们要描写劳动人民，我们也要歌唱和描绘伟大的中国劳动人民所"人化的自然"。这有什么不好呢？

问题是我们要拿新的、积极的眼光和情绪欣赏山水，要用新的手法和风格创作出新的山水诗画，赶上和超过我们的优秀遗产。只有我们在自己的辛勤缔造中才会亲切地体会到我们祖宗遗产的优秀和丰富。我们要赶上它，超越它，不是说说就可以做到的。谦虚学习是进步的起点。

原载《文学评论》1961年第1期

漫话中国美学

我们在北京大学汤用彤教授家里,听他谈治学经过和经验。哲学系教授宗白华也在这里做客。他们二位一起谈论到美学问题。

汤用彤:你最近在研究什么?噢,正在参加编写《中国美学史》的工作,那么也应该从古籍中去收集一些资料了。

宗白华:正在这样做,而且艺术界已编好或在动手编写一些专史,例如音乐、绘画、戏剧及工艺美术等。中国古代的文论、画论、乐论里,有丰富的美学思想的资料,一些文人笔记和艺人的心得,虽则片言只语,也偶然可以发现精深的美学见解。随便举个例子,《艺能编·堆石名家》中有一段说:"近时有戈裕长者,其堆法尤胜于诸家,尝论师子林石洞皆界以条石,不算名手。予诘之曰:不用石条，易于倾颓奈何？戈曰：只将大小石钩带联络如造环桥法，可以千年不坏，要如真山洞壑一般，然后方称能事。"这是中国园林艺术中的美学思想，指出艺术作品要依靠内在结构里的必然性，不依靠外来的支撑，道出了艺术的规律。像这样的美学材料，是很多的，只是散见于各种书籍中，不容易搜集。

汤用彤：搜集资料的工作，还可以宽广一些，可能在无关紧要的书里，也会发现一两条与美学有关的材料。《大藏经》中有关于箜篌的记载，也可能对美学研究有用。

宗白华：是的，除此以外，也要研究西方的哲学思想和艺术的关系，从而分别出中外美学思想的不同特点。在西方，美学是大哲学家思想体系中的一部分，属于哲学史的内容。但是亚里士多德的《诗学》，和希腊戏剧分不开，柏拉图的哲学思想也和希腊的史诗、雕塑艺术有密切的关系。近来有人对此作了详细的考察，倒可算是一个新发现。要了解西方美学的特点，也必须从西方艺术背景着眼，但大部分仍是哲学家的美学。在中国，美学思想却更是总结了艺术实践，回过来又影响着艺术的发展。南齐谢赫的《六法》，总结了中国绘画艺术的经验。在他以前，中国绘画已达到很高的水平，六法中间的一法："气韵生动"，正是东周战国艺术的特征。音乐方面，《礼记》里公孙尼子的《乐记》，是一个较完整的体系，对历代的音乐思想，具有支配的作用。还有受老庄思想影响的嵇康，他的《声无哀乐论》，其中也有精深的美学见解，他认为音乐反映着大自然里的客观规律——"道"，不是主观情感的发泄，这是极有价值的见解，可同近代西方音乐美学的争论相互印证。

宗白华：上次在汤老家里，我已略为谈到了中西艺术和美学思想的不同，而中国的艺术几千年来一脉相传，始终是活跃着的，现在更是活跃着，美学思想也活跃起来了。追探过去，是很有意义的事情。比如就从绘画和雕塑的关系而论，中西就有不同。希腊的绘画，立体感强，注重凸出形体，讲究明暗，好像把雕塑搬到画上去。而中国则是绘画意匠占主要地位，从线纹为主，雕塑却有了画意。中国历史博物馆所藏的东汉四骑吏棨戟画像砖，本是以线纹为主的画，却又是浮雕，这是以画为主的立体雕刻。中国的雕塑和画，意境相通，密切结合，敦煌的彩塑和背后的壁画溶成了一片画境，雕塑似画，和希腊的画似雕塑，适得其反。这确是值得研究的，中国画中有诗，有书法，有音乐境界，也有雕塑。中国戏曲更是一种综合艺术，从中西戏曲表演方法的不同里，可以研究中西美学思想的分途。

记者：中国戏曲是最典型的综合艺术。当代的许多表演艺术家有丰富的艺术实践经验和心得，其中有不少意见是独到的美学观点。最近，各个报刊上发表了许多谈艺录、艺文谭和访问记等。

宗白华：我读到过一些，觉得很有趣味。过去我们研究中国美学史的，大都注重从文论、诗论、乐论和画论中去收集资料，其实应当多多研究中国戏剧。盖叫天谈的艺术经验，其中有不少是精辟的美学见解，他说武松、李逵、石秀同是武生，但表现这些人物的神情举止，或是跌扑翻打、闪挡腾挪，要切合各人的身份、地位和性格特征。又谈到一个演员技巧的洗练，往往从少到多又到少。他的话都寄寓着美学意味。研究中国美学史的人应当打破过去的一些成见，而从中国极为丰富的艺术成就和艺人的艺术思想里，去考察中国美学思想的特点。这不仅是为了理解我们自己的文学艺术遗产，同时也将对世界的美学探讨作出贡献。现在，有许多人开始从多方面进行探索和整理，运用了集体和个人结合的力量，这一定会使中国的美学大放光彩。

本文是《光明日报》记者詹铭信访问汤用彤、宗白华教授的一篇访问记，发表在1961年8月19日《光明日报》上

徐悲鸿与中国绘画

当西历纪元第5世纪，中国绘画已经历汉魏六朝发展臻于高点。人物画大盛，山水画亦入佳境。顾恺之、陆探微、张僧繇等大放光芒，照耀百世。于是，谢赫综合画学理论，辑成绘画之六法：曰气韵生动；曰骨法用笔；曰应物象形；曰随类赋彩；曰经营位置；曰传移模写。此六法中之应物象形与随类赋彩，即是临摹自然，刻画造化中之真形态。经营位置，是布置万象于尺幅之中，使自然之境界成艺术之境界。骨法用笔，则是中国绘画工具之特点。笔与墨之运用，神妙无穷：可以写轮廓，可以供渲染；有干笔湿笔轻重虚实巧拙繁简之分，而宇宙间万种形象，山水云烟，人物花鸟，皆幻现于笔底。且笔之运用，存于一心，通于腕指，为人格个性直接表现之枢纽。故书法为中国特有之高级艺术：以抽象之笔墨表现极具体之人格风度及个性情感，而其美有如音乐。且中国文字原本象形，即缩写物象中抽象之轮廓要点，而遗弃其无关于物之精粹结构的部分。故与文字同源之中国绘画，自始即不重视物之"阴影"。非不能绘，不欲绘，不必绘也。（西画以阴影为目睹之实境而描画之，乃有凹凸。中国之阴影为虚幻而不欲画之，乃超脱凹凸，自成妙境。）

中国古代画家多为耽嗜老庄思想之高人逸士。彼等忘情世俗，于静中观万物之理趣。其心追手摹表现于笔墨者，亦此物象中之理趣而已。（理者物之定形。趣者物之生机。）苏东坡云：

余尝论画，以为人禽宫室器用，皆有常形；至于山石竹木、水波烟云，虽无常形，而有常理。常形之失，人皆知之。常理之不当，虽晓画者有不知。

东坡之所谓常理，实造化生命中之内部结构，亦不能离生命而存者也。山水人物花鸟中，无往而不寓有浑沌宇宙之常理。宋人尺幅花鸟，于寥寥数笔中，写出一无尽之自然，物理具足，生趣盎然。故笔法之妙用，为中国画之特色。传神写形，流露个性，皆系于此。清代画家邹一桂尝讥西洋画为无笔法。其实，西洋画家亦未尝不重视用笔，尤以炭笔素描于笔致起落中表现物体之生命。惟中国画笔法之异于西洋画者，即在简之一字。清画家恽格（南田）云："画以简为尚。简之入微，则洗尽尘滓，独存孤迥。"恽本初云："画家以简洁为上。简者简于象，非简于意。简之至者，缛之至也。"故徐悲鸿君称艺有两德为最难诣者：曰华贵，曰静穆，而造诣之道则在练与简。其言曰：

中国画以黑墨写于白纸或绢，其精神在抽象。杰作中最现性格处在练。练则简。简则几乎华贵，为艺之极则矣。

此实中国画法所到之最高境界。华贵而简，乃宇宙生命之表象。造化中形态万千，其生命之原理则一。故气象最华贵之午夜星天，亦最为清空高洁，以其灿烂中有秩序也。此宇宙生命中一以贯之之道，周流万汇，无往不在；而视之无形，听之无声。老子名之为虚无。此虚无非真虚无，乃宇宙中混沌创化之原理；亦即画图中所谓生动之气韵。画家抒写自然，即是欲表现此生动之气韵；故谢赫列为六法第一，实绘画最后之对象与结果也。

生动之气韵笼罩万物，而空灵无迹，故在画中为空虚与流动。中国画最重空白处。空白处并非真空，乃灵气往来生命流动之处，且空而后能简，简而练，则理趣横溢，而脱略形迹。然此境不易到也，必画家人格高尚，秉性坚贞，不以世俗利害营于胸中，不以时代好尚惑其心志；乃能沉潜深入万物核心，得其理趣，胸怀洒落，庄子所谓能与天地精神往来者，乃能随手拈来都成妙谛。中国绘画能完全达到此境界者，首推宋元大家。惟后来亦代不乏人，未尝中绝。近代则任伯年为徐悲鸿君所最推重；而徐君自己亦以中国美术之承继者自任。徐君幼年历遭困厄，而坚苦卓绝，不因困难而挫志，不以荣誉而自满。且认定一切艺术当以造化为师，故观照万物，临摹自然，求目与手之准确精练（在柏林动物园中追摹狮之生活形态，素描以千数计）。有时或太求形似，但自谓"因心惊造化之奇，终不愿牺牲自然形貌，而强之就吾体式，宁屈吾体式而全造化之妙"。斯真中国绘画传统之真旨。盖中国古代绘画，实先由形似之极致，而超入神奇之妙境者也。花鸟虫鱼之为写实不论矣，即号称理想境界之山水画，实亦画家登高远眺之云山烟景。郭熙云："山水大物也，鉴者须远观，方见一障山水之形势气象。"其实，真山水中之云烟变幻，景物空灵，乃有过于画中山水者。且画家所欲画者，自然界之气韵生动。刘熙载云："山之精神写不出，以烟霞写之。春之精神写不出，以草树写之。"于此可以窥见中国画家写实而能空灵之秘密矣。

徐君以二十年素描写生之努力，于西画写实之艺术已深入堂奥。今乃纵横其笔意以写国画，由巧而返于拙，乃能流露个性之真趣，表现自然之理趣。昔画家徐鼎尝自跋其画云："有法归于无法，无法归于有法，乃为大成。"徐君现已趋向此大成之道。中国文艺不欲复兴则已，若欲复兴，则舍此道无他途矣。

【附言】

中国画以笔墨写出物之神态意境，恍如目睹。但画境内虽有深有空，有明暗阴阳，有远近，却无显明之立体凹凸与阴影如西洋画。虽六朝时张僧繇画凹凸花，远望眼晕凹凸如真。但后来中国画始终不肯画阴影，不肯用透视法刻画手可捉摸之立体。画面中处处灵虚，多有空白，若一刻画便有匠气。而西画不然，此为中西画根本不同之点，殊堪注意，曾于《图书评论》第二期（按：《介绍两本关于中国画学的书并论中国的绘画》一文）从宇宙观及技术工具之观点比较略论及之，读者可参阅。

作者原注："徐君《国画集》刊行于柏林巴黎，为写此文以介绍于西人。"原载《国风》1932年第4期

美的艺术

常人欣赏文艺的形式

人类第一流作家的文学或艺术，多半是所谓"雅俗共赏"的。像荷马、莎士比亚及歌德的文艺，拉斐尔的绘画，莫扎特（Mozart）的音乐，李白、杜甫的诗歌，施耐庵、曹雪芹的小说；不但是在文艺价值方面是属于第一流，就在读者及鉴赏者的数量方面也是数一数二的，为其他文艺作品所莫能及。这也就是说，它们具有相当的"通俗性"。不过它们的通俗性并不妨碍它们本身价值的伟大和风格的高尚，境界的深邃和思想的精微。所奇特的就是它们并不拒绝通俗，它们的普遍性，人间性造成它们作为人类的"典型的文艺"（Classical Art）。

一切所谓典型的文艺都下意识地有几分适合于一般人，所谓"俗人"或"常人"的文艺欣赏的形式和要求。我们研究常人欣赏文艺的心理形态绝不含有看轻它的意味。反过来说，我们还正想从这里去了解世界第一流典型文艺的特点和构造。

但这人间第一流的文艺纵然是同时通俗，构成它们的普遍性和人间性，然而光是这个绝不能使它们成为第一流；它们必同时含藏着一层最深的意义与境界，以待千古的真正的知己。"前不见古人，后不见来者，念天地之悠悠，独怆然而涕下。"每个伟大文人和艺术都不免这孤寂的感觉。

德国现代艺术学者刘兹纳尔氏（Lützler）近著《艺术认识之形式》一书，内容描述"常人欣赏艺术的形式""艺术考古学对艺术的态度""形式主义的艺术观"及"形而上学的艺术观"等。分析精深，富有新思想。"常人欣赏艺术的形式"一部分尤为重要。这本是一个很有趣味的问题，我现在抽暇把他的主要思想介绍一下。

所谓"常人"，是指那天真朴素，没有受过艺术教育与理论，却也没有文艺上任何主义及学说的成见的普通人。他们是古今一切文艺的最广大的读者和观众。文艺创作家往往虽看不起他们，但他自己的作品之能传布与保存还靠这无名的大众。

常人的朴素的宇宙观是一切宇宙观的基础，常人的艺术观也是一切艺术观的基本形式。常人的艺术观并不就等于儿童的艺术观。因为儿童中有所谓"神童",他的艺术禀赋却在一般常人之上,像莫扎特之于音乐。而常人则不限于任何年龄。常人的艺术观也并不就等于所谓"平民的"。因为在社会的及教育的各阶级中都有艺术鉴赏上的"常人"。但常人的立场又不就等于"外行",它只是一种天真的、自然的、朴质的、健康的,并不一定浅薄的对于文艺鉴赏的口味与态度。

常人在艺术欣赏的"形式"和"对象"方面都表示一种特殊的立场与范围,这是值得注意而且是很有兴趣的。

在艺术欣赏的过程中,常人在形式方面是"不反省地""无批评地",这就是说他在欣赏时不了解不注意一件艺术品之为艺术的特殊性。他偏向于艺术所表现的内容,境界与故事,生命的事迹,而不甚了解那创造的表现的"形式"。歌德说过:

内容人人看得见,
涵义只有有心人得之,
形式对于大多数人是一秘密。

至于常人所欣赏的对象的范围,则爱好那文艺中表现他们切身体验的生活范围以内的事物,或是他生活所迫切感到的缺陷与希求追想的幻境。对于常人"艺术真是人生的表现和人生的"。

所以常人真能了解及爱好的艺术，是那接触到他生活体验范围以内的生命表现，倒不在乎时代的今和古。古人的小说只要它所描写的生活情调与我们相近，就不嫌其古。今人的小说如果所描写的太新太奇而没有抓住我们生活的体验内容，就会不为一般人所了解与欢迎。至于艺术"形式"方面、技术方面的艺术价值则根本不为常人所注意与了解。他们的兴趣与感动都在活泼强烈的生命表现，尤其是切近自己生命内容的。常人对于他的现实世界以及他的艺术世界的关系表现以下三特点：

（一）常人眼中的一切都是具有生命的，一切是动，是变化，是同我们一样的生命。

（二）常人相信艺术中所表现的物象也是具有同样的生命。不惟宗教信徒相信神像是代表神灵，一般人也相信大艺术家能创造生命。各国古代都有关于画家、雕塑家的神话，相信他们的作品能代表真生命。（顾恺之尝悦邻女，挑之弗从，图其形于壁，以针钉其心，女遂患心痛，告恺之拔去钉即愈。）小说中虚构的人物往往成为民众信仰中真实的人格。

（三）常人尤爱以"人性"附与万物。诗人，小孩，初民，这些十足的常人（人称歌德为人中的至人，也就是十足的常人），都相信"花能解语"，"西风是在树林间叹息"。

一言以蔽之，对于常人，艺术是"真实的摹写"，是"生命的表现"。而着重点尤在"真实"，在"生命"，并不在摹写与表现。技术在他是门外汉，"形式"在他更是微妙不可把握的神秘，至多也是心知其美而口不能言。他所能把握、所能感受刺激引起兴奋的是那活泼的真实的丰富的生命的表现。他们虚心地期待着接受着这"感动"，以安慰自己的生命，充实自己的生命。至于这"生命的表现"是如何地经过艺术家的匠心而完成的，借着如何微妙的形式而表现出来，这不是他所注意，也不是他所能了解的。他是笔直地穿过那艺术的形式——艺术家的匠心——而虚怀地接受那里面的生命表现。这生命的表现动摇他，刺激他，使他悲，使他喜，使他共鸣，使他陶醉。这是对于他的生命有关，这是他的真实，他的真理。能满足这要求的艺术是好的艺术。不符合他这真理的艺术，就引起他的惊异而认为不满。常人在艺术的理想上是天生的"自然主义者""写实主义者"。但是人生是矛盾的，常人的艺术心理也是矛盾的。他要求现实，但同时也要求"奇迹"，憧憬于幻景。他不仅是要求一幅山水，可以供他的卧游。

他更幻想着诡奇的神话的境界。中国通俗文学如《水浒》《红楼梦》《三国演义》都在写实的故事中掺杂些神话与奇迹在里面。这正符合常人的文艺欣赏的形式。歌德也曾说过："平凡的要和那不可能的很美丽地交织着。"

说到这里的是论述常人对于艺术的内容方面的天然的倾向。现在再谈一谈常人对于艺术的形式方面潜伏的要求。（在此可了解古典的艺术形式是很迎合这心理形式的。）

（一）常人要求一件艺术品，无论是绘画、雕刻、建筑，在形式结构上要条理清楚，章法井然，俾人一目了然，易于接受，符合心理经济的原则。

（二）然而艺术的内容——那生命的表现——却须在这"形式"里面渲染得鲜艳动人，热闹紧张，富有刺激性，为悲剧，为喜剧，引人入胜。

所以通俗的文艺作品都喜欢描述情节丰富，动作紧张，渲染刺激的内容。荷马的史诗，日耳曼的《尼伯龙根歌》（Nibelungen Lied），中国最好的小说《水浒》《红楼梦》等都是未能免俗，其内容都是最丰富的最热闹最紧张的人生描写。

根本上通俗文艺的主体是神话故事，英雄史诗与小说。在绘画雕刻方面也趋向历史的宗教的社会的人生描写。山水画与抒情诗是知识阶级的创造与享受。

总而言之，常人要求的文学艺术是写实的，是反映生活的体验与憧憬的。然而这个"现实"却须笼罩在一幻想的诡奇的神光中。

原载《艺境》未刊本

论文艺的空灵与充实

周济（止庵）《宋四家词选》里论作词云："初学词求空，空则灵气往来！既成格调，求实，实则精力弥满。"

孟子曰："充实之谓美"。

从这两段话里可以建立一个文艺理论，试一述之。先看文艺是什么，画下面一个图来说明：

```
         精 神 生 活
        （真）（善）（美）
           艺
       宗  术  哲
       教      学
         民 文
    行 政治    科学  知
       社会    研究
       经济 族 化
           技 术
         物 质 基 础
```

一切生活部门都有技术方面，想脱离苦海求出世间法的宗教家，当他修行证果的时候，也要有程序、步骤、技术，何况物质生活方面的事件？技术直接处理和活动的范围是物质界。它的成绩是物质文明，经济建筑在生产技术的上面，社会和政治又建筑在经济上面。然经济生产有待于社会的合作和组织，社会的推动和指导有待于政治力量。政治支配着社会，调整着经济，能主动，不必尽为被动的。这因果作用是相互的。政与教又是并肩而行，领导着全体的物质生活和精神生活。古代政教合一，政治的领袖往往同时是大教主、大祭师。现代政治必须有主义做基础，主义是现代人的宇宙观和信仰。然而信仰已经是精神方面的事，从物质界、事务界伸进精神界了。

人之异于禽兽者有理性、有智慧，他是知行并重的动物。知识研究的系统化，成科学。综合科学知识和人生智慧建立宇宙观、人生观，就是哲学。

哲学求真，道德或宗教求善，介乎二者之间表达我们情绪中的深境和实现人格的谐和的是"美"。

文学艺术是实现"美"的。文艺从它左邻"宗教"获得深厚热情的灌溉，文学艺术和宗教携手了数千年，世界最伟大的建筑雕塑和音乐多是宗教的。第一流的文学作品也基于伟大的宗教热情。《神曲》代表着中古的基督教。《浮士德》代表着近代人生的信仰。

文艺从它的右邻"哲学"获得深隽的人生智慧、宇宙观念，使它能执行"人生批评"和"人生启示"的任务。

艺术是一种技术，古代艺术家本就是技术家（手工艺的大匠）。现代及将来的艺术也应该特重技术。然而他们的技术不只是服役于人生（像工艺）而是表现着人生，流露着情感个性和人格的。

生命的境界广大，包括着经济、政治、社会、宗教、科学、哲学。这一切都能反映在文艺里。然而文艺不只是一面镜子，映现着世界，且是一个独立的自足的形象创造。它凭着韵律、节奏、形式的和谐、彩色的配合，成立一个自己的有情有象的小宇宙；这宇宙是圆满的、自足的，而内部一切都是必然性的，因此是美的。

文艺站在道德和哲学旁边能并立而无愧。它的根基却深深地植在时代的技术阶段和社会政治的意识上面，它要有土腥气，要有时代的血肉，纵然它的头须伸进精神的光明的高超的天空，指示着生命的真谛，宇宙的奥境。

文艺境界的广大，和人生同其广大；它的深邃，和人生同其深邃，这是多么丰富、充实！孟子曰："充实之谓美。"这话当作如是观。

然而它又需超凡入圣,独立于万象之表,凭它独创的形象,范铸一个世界,冰清玉洁,脱尽尘滓,这又是何等的空灵?

空灵和充实是艺术精神的两元,先谈空灵!

一、空灵

艺术心灵的诞生,在人生忘我的一刹那,即美学上所谓"静照"。静照的起点在于空诸一切,心无挂碍,和世务暂时绝缘。这时一点觉心,静观万象,万象如在镜中,光明莹洁,而各得其所,呈现着它们各自的充实的、内在的、自由的生命,所谓"万物静观皆自得"。这自得的、自由的各个生命在静默里吐露光辉。

苏东坡诗云:"静故了群动,空故纳万境。"

王羲之云:"从山阴道上行,如在镜中游。"

空明的觉心,容纳着万境,万境浸入人的生命,染上了人的性灵。所以周济说:"初学词求空,空则灵气往来。"灵气往来是物象呈现着灵魂生命的时候,是美感诞生的时候。

所以美感的养成在于能空,对物象造成距离,使自己不沾不滞,物象得以孤立绝缘,自成境界:舞台的帘幕,图画的框廓，雕像的石座，建筑的台阶、栏杆，诗的节奏、韵脚，从窗户看山水、黑夜笼罩下的灯火街市、明月下的幽淡小景，都是在距离化、间隔化条件下诞生的美景。

李方叔词《虞美人·过拍》云："好风如扇雨如帘，时见岸花汀草涨痕添。"

李商隐词："画檐簪柳碧如城，一帘风雨里，过清明。"

风风雨雨也是造成间隔化的好条件，一片烟水迷离的景象是诗境，是画意。

中国画堂的帘幕是造成深静的词境的重要因素，所以词中常爱提到。韩持国的词句："燕子渐归春悄，帘幕垂清晓。"

况周颐评之曰："境至静矣，而此中有人，如隔蓬山，思之思之，遂由静而见深。"

董其昌曾说："摊烛下作画，正如隔帘看月，隔水看花！"他们懂得"隔"字在美感上的重要。

然而这还是依靠外界物质条件造成的"隔"。更重要的还是心灵内部方面的"空"。司空图《诗品》里形容艺术的心灵当如"空潭泻春，古镜照神"，形容艺术人格为"落花无言，人淡如菊"，"神出古异，淡不可收"。艺术的造诣当"遇之匪深，即之愈稀"，"遇之自天，泠然希音"。

精神的淡泊,是艺术空灵化的基本条件。欧阳修说得最好:"萧条淡泊,此难画之意,画家得之,览者未必识也。故飞动迟速,意浅之物易见,而闲和严静,趣远之心难形。"萧条淡泊,闲和严静,是艺术人格的心襟气象。这心襟,这气象能令人"事外有远致",艺术上的神韵油然而生。陶渊明所爱的"素心人",指的是这境界。他的一首《饮酒》诗更能表出诗人这方面的精神状态:

> 结庐在人境,
> 而无车马喧。
> 问君何能尔,
> 心远地自偏。
> 采菊东篱下,
> 悠然见南山。
> 山气日夕佳,
> 飞鸟相与还。
> 此中有真意,
> 欲辨已忘言。

陶渊明爱酒,晋人王蕴说:"酒正使人人自远。""自远"是心灵内部的距离化。

然而"心远地自偏"的陶渊明才能"悠然见南山",并且体会到"此中有真意,欲辨已忘言"。可见艺术境界中的空并不是真正的空,乃是由此获得"充实",由"心远"接近到"真意"。

晋人王荟说得好,"酒正引人著胜地",这使人人自远的酒正能引人著胜地。这胜地是什么?不正是人生的广大、深邃和充实?于是谈"充实"!

二、充实

尼采说艺术世界的构成由于两种精神:一是"梦",梦的境界是无数的形象(如雕刻);一是"醉",醉的境界是无比的豪情(如音乐)。这豪情使我们体验到生命里最深的矛盾、广大的复杂的纠纷;"悲剧"是这壮阔而深邃的生活的具体表现。所以西洋文艺顶推重悲剧。悲剧是生命充实的艺术。西洋文艺爱气象宏大、内容丰满的作品。荷马、但丁、莎士比亚、塞万提斯、歌德,直到近代的雨果、巴尔扎克、斯丹达尔、托尔斯泰等,莫不启示一个悲壮而丰实的宇宙。

歌德的生活经历着人生各种境界,充实无比。杜甫的诗歌最为沉着深厚而有力;也是由于生活经验的充实和情感的丰富。

周济论词空灵以后主张:"求实,实则精力弥满。精力弥满则能赋情独深,冥发妄中,虽铺叙平淡,摹绘浅近,而万感横集,五中无主,读其篇者,临渊窥鱼,意为鲂鲤,中宵惊电,罔识东西,赤子随母啼笑,乡人缘剧喜怒。"这话真能形容一个内容充实的创作给我们的感动。

司空图形容这壮硕的艺术精神说:"天风浪浪,海山苍苍。真力弥满,万象在旁。""返虚入浑,积健为雄。""生气远出,不著死灰。妙造自然,伊谁与裁。""是有真宰,与之浮沉。""吞吐大荒,由道反气。""与道适往,著手成春。""行神如空,行气如虹!"艺术家精力充实,气象万千,艺术的创造追随真宰的创造。

黄子久(元代大画家)终日只在荒山乱石、丛木深筱中坐,意态忽忽,人不测其为何。又每往泖中通海处看急流轰浪,虽风雨骤至,水怪悲诧而不顾。

他这样沉酣于自然中的生活,所以他的画能"沉郁变化,与造化争神奇"。六朝时宗炳曾论作画云"万趣融其神思",不是画家这丰富心灵的写照吗?

中国山水画趋向简淡,然而简淡中包具无穷境界。倪云林画一树一石,千岩万壑不能过之。恽南田论元人画境

-235

中所含丰富幽深的生命说得最好：

元人幽秀之笔，如燕舞飞花，揣摹不得；如美人横波微盼，光采四射，观者神惊意丧，不知其何以然也。元人幽亭秀木自在化工之外一种灵气。惟其品若天际冥鸿，故出笔便如哀弦急管，声情并集，非大地欢乐场中可得而拟议者也。

哀弦急管，声情并集，这是何等繁富热闹的音乐，不料能在元人一树一石、一山一水中体会出来，真是不可思议。元人造诣之高和南田体会之深，都显出中国艺术境界的最高成就！然而元人幽淡的境界背后仍潜隐着一种宇宙豪情。南田说："群必求同，求同必相叫，相叫必于荒天古木，此画中所谓意也。"

相叫必于荒天古木，这是何等沉痛超迈深邃热烈的人生情调与宇宙情调？这是中国艺术心灵里最幽深、悲壮的表现了罢？

叶燮在《原诗》里说："可言之理，人人能言之，又安在诗人之言之；可征之事，人人能述之，又安在诗人之述之，必有不可言之理，不可述之事，遇之于默会意象之表，而理与事无不灿然于前者也。"

这是艺术心灵所能达到的最高境界！由能空、能舍，而后能深、能实,然后宇宙生命中一切理一切事,无不把它的最深意义灿然呈露于前。"真力弥满",则"万象在旁","群籁虽参差,适我无非新"(王羲之诗)。

总上所述,可见中国文艺在空灵与充实两方都曾尽力,达到极高的成就。所以中国诗人尤爱把森然万象映射在太空的背景上,境界丰实空灵,像一座灿烂的星天!

王维诗云:"徒然万象多,澹尔太虚缅。"

韦应物诗云:"万物自生听,大空恒寂寥。"

原载《文艺月刊》1943年第5期

略论文艺与象征

诗人艺术家在这人世间，可具两种态度：醉和醒。醒者张目人间，寄情世外，拿极客观的胸襟"漱涤万物，牢笼百态"（柳宗元语），他的心像一面清莹的镜子，照射到街市沟渠里面的污秽，却同时也映着天光云影，丽日和风！世间的光明与黑暗，人心里的罪恶与圣洁，一体显露，并无差等。所谓"赋家之心，包括宇宙"，人情物理，体会无遗。英国的莎士比亚，中国的司马迁，都会留下"一个世界"给我们，使我们体味不尽。他们的"世界"虽匠心的创造，却都是具有真情实理，生香活色，与自然造化一般无二。

然而他们究竟是大诗人，诗人具有别材别趣，尤贵具有别眼。包括宇宙的赋家之心反射出的仍是一个"诗心"所照临的世界。这个世界尽管十分客观，十分真实，十分清醒，终究蒙上了一层诗心的温情和智慧的光辉，使我们读者走进一个较现实更清朗、更生动、更深厚的富于启发性的世界。

所以诗人善醒，他能透彻人情物理，把握世界人生真境实相，散布着智慧，那由深心体验所获得的晶莹的智慧。

但诗人更要能醉，能梦：由梦由醉诗人方能暂脱世俗，超俗凡近，深深地深深地坠入这世界人生的一层变化迷离，奥妙惝恍的境地。《古诗十九首》，凿空乱道，归趣难穷，读之者回顾踌躇，百端交集，茫茫宇宙，渺渺人生，念天地之悠悠，独怆然而涕下；一种无可奈何的情绪，无可表达的沉思，无可解答的疑问，令人愈体愈深，文艺的境界邻近到宗教境界（欲解脱而不得解脱，情深思苦的境界）。

这样一个因体会之深而难以言传的境地，已不是明白清醒的逻辑文体所能完全表达。醉中语有醒时道不出的。诗人艺术家往往用象征的（比兴的）手法才能传神写照。诗人于此凭虚构象，象乃生生不穷；声调，色彩，景物，奔走笔端，推陈出新，迥异常境。戴叔伦说："诗家之境，如蓝田日暖，良玉生烟，可望而不可置于眉睫之间。"可望而不可置于眉睫之间，就是说艺术的意境要和吾人具相当距离，迷离惝恍，构成独立自足，刊落凡近的美的意象，才能象征那难以言传的深心里的情和境。

所以最高的文艺表现，宁空毋实，宁醉毋醒。西洋最清醒的古典意境，希腊雕刻，也要在圆浑的肉体上留有清癯而不十分充满的境地。让人们心中手中波动一痕相思和期待。阿波罗神像在他极端清朗秀美的面庞上，仍流动着沉沉的梦意在额眉眼角之间。

杜甫诗云"篇终接混茫"，有尽的艺术形象，须映在"无尽"的和"永恒"的光辉之中，"言在耳目之内，情寄八荒之表"。一切生灭相，都是"永恒"的和"无尽"的象征。屈原、阮籍、左太冲、李白、杜甫，都曾登高远望，情寄八荒。陶渊明诗云"愿言蹑清风，高举寻吾契"，也未尝没有这"登高远望所思"（阮籍诗句）的浪漫情调。但是他又说："即事如已高，何必升华嵩？"这却是儒家的古典精神。这和他的"结庐在人境，而无车马喧"，同样表现出他那"即平凡即圣境"的深厚的人生情趣。无怪他"即事多所欣"，而深深地了解孔颜的乐处。

中国的诗人画家善于体会造化自然的微妙的生机动态。徐迪功所谓"朦胧萌坼，浑沌贞粹"的境界。画家发明水墨法，是想追蹑这朦胧萌坼的神化的妙境。米友仁（宋画家）自题潇湘图："夜雨欲霁，晓烟既泮，则其状类若此。"韦苏州（唐诗人）诗云"微雨夜来过，不知春草生"，都能深入造化之"几"，而以诗画表露出来。这种境界是深静的，是哲理的，是偏于清醒的，和《古诗十九首》的苍茫踌躇，百端交集，大不相同。然而同是人生的深境，同需要象征手法才能表达出来。

清初叶燮在《原诗》里说得好："要之，作诗者实写理、事、情。可以言言，可以解解，即为俗儒之作。唯不可名言之理，不可施见之事，不可经达之情，则幽渺以为理，想象以为事，惝恍以为情，方为理至，事至，情至之语。"又说："可言之理，人人能言之，又安在诗人之言之！可征之事，人人能述之，又安在诗人之述之！必有不可言之理，不可述之事，遇之于默会意象之表，而理与事无不灿然于前者也。"

他这话已经很透彻地说出文艺上象征境界的必要，以及它的技术，即"幽渺以为理，想象以为事，惝恍以为情"，然后运用声调，词藻，色彩，巧妙地烘染出来，使人默会于意象之表，寄托深而境界美。

原载《观察》1947年第3卷第2期

艺术与中国社会

依于仁,游于艺
——孔子

孔子说"兴于诗,立于礼,成于乐",这三句话挺简括地说出孔子的文化理想、社会政策和教育程序。王弼解释得好:"言为政之次序也:夫喜惧哀乐,民之自然,感应而动,而发乎诗歌。所以陈诗采谣,以知民志风。既见其风,则损益基焉。故因俗立志,以达其礼也。矫俗检刑,民心未化,故感以乐声,以和其神也。"中国古代的社会文化与教育是拿诗书礼乐做基础。《礼记·王制》:"乐正崇四术,立四教……春秋教以礼乐,冬夏教以诗书。"教育的主要工具、门径和方法是艺术文学。艺术的作用是能以感情动人,潜移默化培养社会民众的性格品德于不知不觉之中，深刻而普遍。尤以诗和乐能直接打动人心，陶冶人的性灵人格。而"礼"却在群体生活的和谐与节律中，养成文质彬彬的动作、步调的整齐、意志的集中。中国人在天地的动静、四时的节律、昼夜的来复、生长老死的绵延，感到宇宙是生生而具条理的。这"生生而条理"就是天地运行的大道，就是一切现象的体和用。孔子在川上曰："逝者如斯夫，不舍昼夜！"最能表现出中国人的这种"观吾生，观其生"（易观卜辞）的风度和境界。这种最高度的把握生命，和最深度的体验生命的精神境界，具体地贯注到社会实际生活里，使生活端庄流丽，成就了诗书礼乐的文化。但这境界，这"形而上的道"，也同时要能贯彻到形而下的器。器是人类生活的日用工具。人类能仰观俯察，构成宇宙观，会通形象物理，才能创作器皿，以为人生之用。器是离不开人生的。而人也成了离不开器皿工具的生物。而人类社会生活的高峰，礼和乐的生活，乃寄托和表现于礼器乐器。

礼和乐是中国社会的两大柱石。"礼"构成社会生活里的秩序条理。礼好像画上的线文勾出事物的形象轮廓，使万象昭然有序。孔子曰："绘事后素。""乐"涵润着群体内心的和谐与团结力。然而礼乐的最后根据，在于形而上的天地境界。《礼记》上说：

> 礼者，天地之序也；乐者，天地之和也。

人生里面的礼乐负荷着形而上的光辉，使现实的人生启示着深一层的意义和美。礼乐使生活上最实用的、最物质的衣食住行及日用品，升华进端庄流丽的艺术领域。三代的各种玉器，是从石器时代的石斧石磬等，升华到圭璧等等的礼器乐器。三代的铜器，也是从铜器时代的烹调器及饮器等，升华到国家的至宝。而它们艺术上的形体之美、式样之美、花纹之美、色泽之美、铭文之美，集合了画家书家雕塑家的设计与模型，由冶铸家的技巧，而终于在圆满的器形上，表出民族的宇宙意识（天地境界）、生命情调，以至政治的权威，社会的亲和力。在中国文化里，从最低层的物质器皿，穿过礼乐生活，直达天地境界，是一片混然无间，灵肉不二的大和谐，大节奏。

因为中国人由农业进于文化，对于大自然是"不隔"的，是父子亲和的关系，没有奴役自然的态度。中国人对他的用具（石器铜器），不只是用来控制自然，以图生存，他更希望能在每件用品里面，表出对自然的敬爱，把大自然里启示着的和谐、秩序，它内部的音乐、诗，表显在具体而微的器皿中。一个鼎要能表象天地人。《诗经》里说：

诗者，天地之心。

《乐记》里说：
大乐与天地同和……

《孟子》曰：
君子……上下与天地同流。

中国人的个人人格、社会组织以及日用器皿，都希望能在美的形式中，作为形而上的宇宙秩序，与宇宙生命的表征。这是中国人的文化意识，也是中国艺术境界的最后根据。

孔子是替中国社会奠定了"礼"的生活的。礼器里的三代彝鼎，是中国古典文学与艺术的观摩对象。铜器的端庄流丽，是中国建筑风格，汉赋唐律，四六文体，以至于八股文的理想典范。它们都倾向于对称、比例、整齐、协和之美。然而，玉质坚贞与温润，他们的色泽的空灵幻美，却领导着中国的玄思，趋向精神人格之美的表现。它的影响，显示于中国伟大的人文画里。文人画的最高境界，是玉的境界。倪云林画可以代表。不但古之君子比德于玉，中国的画、瓷器、书法、诗、七弦琴,都以精光内敛,温润如玉的美为意象。

然而,孔子更进一步求"礼之本"。礼之本在仁,在于音乐的精神。理想的人格,应该是一个"音乐的灵魂"。刘向《说苑》里有这么一段记载:

孔子至齐郭门外,遇婴儿,其视精,其心正,其行端。孔子曰:"趣驱之,趣驱之,韶乐将作!"

他在一个婴儿的灵魂里,听到他素所仰慕的韶乐将作。(子在齐闻韶,三月不知肉味)。《说苑》上这段记载,虽未必可靠,却是极有意义。可以想见孔子酷爱音乐的事迹已经谣传成为神话了。

社会生活的真精神在于亲爱精诚的团结,最能发扬和激励团结精神的是音乐!音乐使我们步调整齐,意志集中,团结的行动有力而美。中国人感到宇宙全体是大生命的流行,其本身就是节奏与和谐。人类社会生活里的礼和乐,是反射着天地的节奏与和谐。

但西洋文艺自希腊以来所富有的"悲剧精神",在中国艺术里,却得不到充分的发挥,且往往被拒绝和闪躲。人性由剧烈的内心矛盾才能掘发出的深度,往往被浓挚的和谐愿望所淹没。固然，中国人心灵里并不缺乏他雍穆和平大海似的幽深，然而，由心灵的冒险，不怕悲剧，以窥探宇宙人生的危岩雪岭，发而为莎士比亚的悲剧、贝多芬的乐曲，这却是西洋人生波澜壮阔的造诣！

原载南京《学识》杂志1947年第1卷第12期

美学的散步（一）

小言

  散步是自由自在、无拘无束的行动，它的弱点是没有计划，没有系统。看重逻辑统一性的人会轻视它，讨厌它，但是西方建立逻辑学的大师亚里士多德的学派却唤作"散步学派"，可见散步和逻辑并不是绝对不相容的。中国古代一位影响不小的哲学家——庄子，他好像整天是在山野里散步，观看着鹏鸟、小虫、蝴蝶、游鱼，又在人间世里凝视一些奇形怪状的人：驼背、跛脚、四肢不全、心灵不正常的人，很像意大利文艺复兴时大天才达·芬奇在米兰街头散步时速写下来的一些"戏画"，现在竟成为"画院的奇葩"。庄子文章里所写的那些奇特人物大概就是后来唐、宋画家画罗汉时心目中的范本。

散步的时候可以偶尔在路旁折到一枝鲜花,也可以在路上拾起别人弃之不顾而自己感到兴趣的燕石。

无论鲜花或燕石,不必珍视,也不必丢掉,放在桌上可以做散步后的回念。

诗(文学)和画的分界

苏东坡论唐朝大诗人兼画家王维(摩诘)的《蓝田烟雨图》说:"味摩诘之诗,诗中有画;观摩诘之画,画中有诗。诗曰:'蓝溪白石出,玉山红叶稀,山路元无雨,空翠湿人衣。'此摩诘之诗也。或曰:'非也,好事者以补摩诘之遗'。"

以上是东坡的话,所引的那首诗,不论它是不是好事者所补,把它放到王维和裴迪所唱和的辋川绝句里去是可以乱真的。这确是一首"诗中有画"的诗。"蓝溪白石出,玉山红叶稀",可以画出来成为一幅清奇冷艳的画,但是"山路元无雨,空翠湿人衣"二句,却是不能在画面上直接画出来的。假使刻舟求剑似的画出一个人穿了一件湿衣服,即使不难看,也不能把这种意味和感觉像这两句诗那样完全传达出来。好画家可以设法暗示这种意味和感觉,却不能直接画出来，这位补诗的人也正是从王维这幅画里体会到这种意味和感觉，所以用"山路元无雨，空翠湿人衣"这两句诗来补足它。这幅画上可能并不曾画有人物，那会更好地暗示这感觉和意味。而另一位诗人可能体会不同而写出别的诗句来。画和诗毕竟是两回事。诗中可以有画，像头两句里所写的，但诗不全是画。而那不能直接画出来的后两句恰正是"诗中之诗"，正是构成这首诗是诗而不是画的精要部分。

然而那幅画里若不能暗示或启发人写出这诗句来，它可能是一张很好的写实照片，却又不能成为真正的艺术品——画，更不是大诗画家王维的画了。这"诗"和"画"的微妙的辩证关系不是值得我们深思探索的吗？

宋朝文人晁以道有诗云："画写物外形，要物形不改，诗传画外意，贵有画中态。"这也是论诗画的离合异同。画外意，待诗来传，才能圆满，诗里具有画所写的形态，才能形象化、具体化，不至于太抽象。

但是王安石《明妃曲》诗云："意态由来画不成，当时枉杀毛延寿。"他是个喜欢做翻案文章的人，然而他的话是有道理的。美人的意态确是难画出的，东施以活人来效颦西施尚且失败，何况是画家调脂弄粉。那画不出的"巧笑倩兮，美目盼兮"，古代诗人随手拈来的这两句诗，却使孔子以前的中国美人如同在我们眼面前。达·芬奇用了四年工夫画出蒙娜丽莎的美目巧笑，在该画初完成时，当也能给予我们同样新鲜生动的感受。现在我却觉得我们古人这两句诗仍是千古如新，而油画受了时间的侵蚀，后人的补修，已只能令人在想象里追寻旧影了。我曾经坐在原画前默默领略了一小时，口里念着我们古人的诗句，觉得诗启发了画中意态，画给予诗以具体形象，诗画交辉，意境丰满，各不相下，各有千秋。

达·芬奇在这画像里突破了画和诗的界限，使画成了诗。谜样的微笑，勾引起后来无数诗人心魂震荡，感觉这双妙目巧笑，深远如海，味之不尽，天才真是无所不可。但是画和诗的分界仍是不能泯灭的，也是不应该泯灭的，各有各的特殊表现力和表现领域。探索这微妙的分界，正是近代美学开创时为自己提出了的任务。

十八世纪德国思想家莱辛开始提出这个问题，发表他的美学名著《拉奥孔》或称《论画和诗的分界》。但《拉奥孔》却是主要地分析着希腊晚期一座雕像群，拿它代替了对画的分析，雕像同画同是空间里的造型艺术，本可相通。而莱辛所说的诗也是指的戏剧和史诗，这是我们要记住的。因为我们谈到诗往往是偏重抒情诗。固然这也是相通的，同是属于在时间里表现其境界与行动的文学。

拉奥孔（Laokoon）是希腊古代传说里特罗亚城一个祭师，他对他的人民警告了希腊军用木马偷运兵士进城的诡计，因而触怒了袒护希腊人的阿波罗神。当他在海滨祭祀时，他和他的两个儿子被两条从海边游来的大蛇捆绕着他们三人的身躯，拉奥孔被蛇咬着，环视两子正在垂死挣扎，他的精神和肉体都陷入莫大的悲愤痛苦之中。拉丁诗人维琪尔曾在史诗中咏述此景，说拉奥孔痛极狂吼，声震数里，但是发掘出来的希腊晚期雕像群著名的拉奥孔（现存罗马梵蒂冈博物院），却表现着拉奥孔的嘴仅微微启开呻吟着，并不是狂吼，全部雕像给人的印象是在极大的悲剧的苦痛里保持着镇定、静穆。德国的古代艺术史学者温克尔曼对这雕像群写了一段影响深远的描述，影响着歌德及德国许多古典作家和美学家，掀起了纷纷的讨论。现在我先将他这段描写介绍出来，然后再谈莱辛由此所发挥的画和诗的分界。

温克尔曼（Winckelmann，1717—1768）在他的早期著作《关于在绘画和雕刻艺术里模仿希腊作品的一些意见》里曾有下列一段论希腊雕刻的名句：

希腊杰作的一般主要的特征是一种高贵的单纯和一种静穆的伟大，既在姿态上，也在表情里。

就像海的深处永远停留在静寂里，不管它的表面多么狂涛汹涌，在希腊人的造像里那表情展示一个伟大的沉静的灵魂，尽管是处在一切激情里面。

在极端强烈的痛苦里，这种心灵描绘在拉奥孔的脸上，并且不单在脸上。在一切肌肉和筋络所展现的痛苦，不用向脸上和其他部分去看，仅仅看到那因痛苦而向内里收缩着的下半身，我们几乎会在自己身上感觉着。然而这痛苦，我说，并不曾在脸上和姿态上用愤激表示出来。他没有像维琪尔在他拉奥孔（诗）里所歌咏的那样喊出可怕的悲吼，因嘴的孔穴不允许这样做（白华按：这是指雕像的脸上张开了大嘴，显示一个黑洞，很难看，破坏了美），这里只是一声畏怯的敛住气的叹息，像沙多勒所描写的。

身体的痛苦和心灵的伟大是经由形体全部结构用同等的强度分布着，并且平衡着。拉奥孔忍受着，像索福克勒斯（Sophocles）的菲诺克太特（Philoctet）：他的困苦感动到我们的深心里，但是我们愿望也能够像这个伟大人格那样忍耐困苦。一个这样伟大心灵的表情远远超越了美丽自然的构造物。艺术家必须先在自己内心里感觉到他要印入他的大理石里的那精神的强度。希腊具有集合艺术家与圣哲于一身的人物，并且不止一个梅特罗多。智慧伸手给艺术而将超俗的心灵吹进艺术的形象。

莱辛认为温克尔曼所指出的拉奥孔脸上并没有表示人所期待的那样强烈苦痛的疯狂表情，是正确的。但是温克尔曼把理由放在希腊人的智慧克制着内心感情的过分表现上，这是他所不能同意的。

肉体遭受剧烈痛苦时大声喊叫以减轻痛苦，是合乎人情的，也是很自然的现象。希腊人的史诗里毫不讳言神们的这种人情味。维纳斯（美丽的爱神）玉体被刺痛时，不禁狂叫，没有时间照顾到脸相的难看了。荷马史诗里战士受伤倒地时常常大声叫痛。照他们的事业和行动来看，他们是超凡的英雄；照他们的感觉情绪来看，他们仍是真实的人。所以拉奥孔在希腊雕像上那样微呻不是由于希腊人的品德如此，而应当到各种艺术的材料的不同，表现可能性的不同和它们的限制里去找它的理由。莱辛在他的《拉奥孔》里说：

有一些激情和某种程度的激情，它们经由极丑的变形表现出来，以至于将身体陷入那样勉强的姿态里，使他在静息状态里具有的一切美丽线条都丧失掉了。因此古代艺术家完全避免这个，或是把它的程度降低下来，使它能够保持某种程度的美。

把这思想运用到拉奥孔上，我所追寻的原因就显露出来了。那位巨匠是在所假定的肉体的巨大痛苦情况下企图实现最高的美。在那丑化着一切的强烈情感里，这痛苦是不能和美相结合的。巨匠必须把痛苦降低些；他必须把狂吼软化为叹息；并不是因为狂吼暗示着一个不高贵的灵魂，而是因为它把脸相在一难堪的样式里丑化了。人们只要设想拉奥孔的嘴大大张开着而评判一下。人们让他狂吼着再看看……

莱辛的意思是：并不是道德上的考虑使拉奥孔不像在史诗里这样痛极大吼，而是雕刻的物质的表现条件在直接观照里显得不美（在史诗里无此情况），因而雕刻家（画家也一样）须将表现的内容改动一下，以配合造型艺术由于物质表现方式所规定的条件。这是各种艺术的特殊的内在规律，艺术家若不注意它，遵守它，就不能实现美，而美是艺术的特殊目的。若放弃了美，艺术可以供给知识，宣扬道德，服务于实际的某一目的，但不是艺术了。艺术须能表现人生的有价值的内容，这是无疑的。但艺术作为艺术而不是文化的其他部门，它就必须同时表现美，把生活内容提高、集中、精粹化，这是它的任务。根据这个任务各种艺术因物质条件不同就具有了各种不同的内在规律。拉奥孔在史诗里可以痛极大吼，声闻数里，而在雕像里却变成小口微呻了。

莱辛这个创造性的分析启发了以后艺术研究的深入，

奠定了艺术科学的方向，虽然他自己的研究仍是有局限性的。造型艺术和文学的界限并不如他所说的那样窄狭、严格，艺术天才往往突破规律而有所成就，开辟新领域、新境界。罗丹就曾创造了疯狂大吼、躯体扭曲、失了一切美的线纹的人物，而仍不失为艺术杰作，创造了一种新的美。但莱辛提出问题是好的，是需要进一步作科学的探讨的，这是构成美学的一个重要部分。所以近代美学家颇有用《新拉奥孔》标名他的著作的。

我现在翻译他的《拉奥孔》里一段具有代表性的文字，论诗里和造型艺术里的身体美，这段文字可以献给朋友在美学散步中做思考资料。莱辛说：

身体美是产生于一眼能够全面看到的各部分协调的结果。因此要求这些部分相互并列着，而这各部分相互并列着的事物正是绘画的对象。所以绘画能够，也只有它能够摹绘身体的美。

诗人只能将美的各要素相继地指说出来，所以他完全避免对身体的美作为美来描绘。他感觉到把这些要素相继地列数出来，不可能获得像它并列时那种效果，我们若想根据这相继地一一指说出来的要素而向它们立刻凝视，是不能给予我们一个统一的协调的图画的。要想构想这张嘴和这个鼻子和这双眼睛集在一起时会有怎样一个效果是超越了人的想象力的,除非人们能从自然里或艺术里回忆到这些部分组成的一个类似的结构(白华按:读"巧笑倩兮"……时不用做此笨事,不用设想是中国或西方美人而情态如见,诗意具足,画意也具足)。

在这里,荷马常常是模范中的模范。他只说,尼惹斯是美的,阿奚里更美,海伦具有神仙似的美。但他从不陷落到这些美的周密的啰嗦的描述。他的全诗可以说是建筑在海伦的美上面的,一个近代的诗人将要怎样冗长地来叙说这美呀!

但是如果人们从诗里面把一切身体美的画面去掉,诗不会损失过多少?谁要把这个从诗里去掉?当人们不愿意它追随一个姊妹艺术的脚步来达到这些画面时,难道就关闭了一切别的道路了吗?正是这位荷马,他这样故意避免一切片断地描绘身体美的,以至于我们在翻阅时很不容易地有一次获悉海伦具有雪白的臂膀和金色的头发(《伊利亚特》IV,第319行),正是这位诗人他仍然懂得使我们对她的美获得一个概念,而这一美的概念是远远超过了艺术在这企图中所能到达的。人们试回忆诗中那一段,当海伦到特罗亚人民的长老集会面前,那些尊贵的长老们瞥见她时,一个对一个耳边说:

"怪不得特罗亚人和坚胫甲开人，为了这个女人这么久忍受着苦难呢，看来她活像一个青春常驻的女神。"

还有什么能给我们一个比这更生动的美的概念，当这些冷静的长老们也承认她的美是值得这一场流了这许多血，洒了那么多泪的战争的呢？

凡是荷马不能按照着各部分来描绘的，他让我们在它的影响里来认识。诗人呀，画出那"美"所激起的满意、倾倒、爱、喜悦，你就把美自身画出来了。谁能构想莎苇所爱的那个对方是丑陋的，当莎苇承认她瞥见他时丧魂失魄。谁不相信是看到了美的完满的形体，当他对于这个形体所激起的情感产生了同情。

文学追赶艺术描绘身体美的另一条路，就是这样：它把"美"转化做魅惑力。魅惑力就是美在"流动"之中。因此它对于画家不像对于诗人那么便当。画家只能叫人猜到"动"，事实上他的形象是不动的。因此在它那里魅惑力会变成了做鬼脸。但是在文学里魅惑力是魅惑力，它是流动的美，它来来去去，我们盼望能再度地看到它。又因为我们一般地能够较为容易地生动地回忆"动作"，超过单纯的形式或色彩，所以魅惑力较之"美"在同等的比例中对我们的作用要更强烈些。

甚至于安拉克耐翁（希腊抒情诗人），宁愿无礼貌地请画家无所作为。假使他不拿魅惑力来赋予他的女郎的画像，使她生动。"在她的香腮上一个酒窝，绕着她的玉颈一切的爱娇浮荡着"（《颂歌》第二十八）。他命令艺术家让无限的爱娇环绕着她的温柔的腮，云石般的颈项！照这话的严格的字义，这怎样办呢？这是绘画所不能做到的。画家能够给予腮巴最艳丽的肉色；但此外他就不能再有所作为了。这美丽颈项的转折，肌肉的波动，那俊俏酒窝因之时隐时现，这类真正的魅惑力是超出了画家能力的范围了。诗人（指安拉克耐翁）是说出了他的艺术是怎样才能够把"美"对我们来形象化感性化的最高点，以便让画家能在他的艺术里寻找这个最高的表现。

这是对我以前所阐述的话一个新的例证，这就是说，诗人即使在谈论到艺术作品时，仍然是不受束缚于把他的描写保守在艺术的限制以内的（白华按：这话是指诗人要求画家能打破画的艺术的限制，表出诗的境界来，但照莱辛的看法，这界限仍是存在的）。

莱辛对诗（文学）和画（造型艺术）的深入的分析，指出它们的各自的局限性，各自的特殊的表现规律，开创了对于艺术形式的研究。

诗中有画，而不全是画，画中有诗，而不全是诗。诗画各有表现的可能性范围，一般地说来，这是正确的。

但中国古代抒情诗里有不少是纯粹的写景，描绘一个客观境界，不写出主体的行动，甚至于不直接说出主观的情感，像王国维在《人间词话》里所说的"无我之境"，但却充满了诗的气氛和情调。我随便拈一个例证并稍加分析。

唐朝诗人王昌龄一首题为《初日》的诗云：

初日净金闺，
先照床前暖；
斜光入罗幕，
稍稍亲丝管；
云发不能梳，
杨花更吹满。

这诗里的境界很像一幅近代印象派大师的画，画里现出一座晨光射入的香闺，日光在这幅画里是活跃的主角，它从窗门跳进来，跑到闺女的床前，散发着一股温暖，接着穿进了罗帐，轻轻抚摩一下榻上的乐器——闺女所吹弄的琴瑟箫笙——枕上的如云的美发还散开着，杨花随着晨风春日偷进了闺房，亲昵地躲上那枕边的美发上。诗里并没有直接描绘这金闺少女（除非云发二字暗示着），然而一切的美是归于这看不见的少女的。这是多么艳丽的一幅油画呀！

王昌龄这首诗，使我想起德国近代大画家门采尔的一幅油画（门采尔的素描1956年曾在北京展览过），那画上也是灿烂的晨光从窗门撞进了一间卧室，乳白的光辉浸漫在长垂的纱幕上，随着落上地板，又返跳进入穿衣镜，又从镜里跳出来，抚摸着椅背，我们感到晨风清凉，朝日温煦。室里的主人是在画面上看不见的，她可能是在屋角的床上坐着。（这晨风沁人，怎能还睡？）

> 太阳的光，
> 洗着她早起的灵魂，
> 天边的月
> 犹似她昨夜的残梦。

（《流云小诗》）

门采尔这幅画全是诗，也全是画；王昌龄那首诗全是画，也全是诗。诗和画里都是演着光的独幕剧，歌唱着光的抒情曲。这诗和画的统一不是和莱辛所辛苦分析的诗画分界相抵触吗？我觉得不是抵触而是补充了它，扩张了它们相互的蕴涵。画里本可以有诗（苏东坡语），但是若把画里每一根线条，每一块色彩，每一条光，每一个形都饱吸着浓情蜜意，它就成为画家的抒情作品，像伦勃朗的油画，中国元人的山水。

诗也可以完全写景，写"无我之境"。而每句每字却反映出自己对物的抚摩，和物的对话，表出对物的热爱，像王昌龄的《初日》那样，那纯粹的景就成了纯粹的情，就是诗。

但画和诗仍是有区别的。诗里所咏的光的先后活跃，不能在画面上同时表出来，画家只能捉住意义最丰满的一刹那，暗示那活动的前因后果，在画面的空间里引进时间感觉。而诗像《初日》里虽然境界华美，却赶不上门采尔油画上那样光彩耀目，直射眼帘。然而由于诗叙写了光的活跃的先后曲折的历程，更能丰富着和加深着情绪的感受。

诗和画各有它的具体的物质条件，局限着它的表现力和表现范围，不能相代，也不必相代。但各自又可以把对方尽量吸进自己的艺术形式里来。诗和画的圆满结合（诗不压倒画，画也不压倒诗，而是相互交流交浸），就是情和景的圆满结合，也就是所谓"艺术意境"。我在十几年前曾写了一篇《中国艺术意境之诞生》，对中国诗和画的意境做了初步的探索，可以供散步的朋友们参考，现在不再细说了。

原载《新建设》1957年第7期

略谈艺术的"价值结构"

近代美学的开始，是笼罩在实验心理学的方法与观点下面，成为心理学的局部。美感过程的描述，艺术创造与艺术欣赏之心理分析，成为美学的中心事务。而艺术品本身的价值的评判，艺术意义的探讨与阐发，艺术理想的设立，艺术对于人生与文化的地位与影响，这些问题向来是哲学家与批评家所注意的。现在仍是交给哲学家与批评家去发表意见。

但这一些问题可以集中于一个主体问题：这就是艺术这个"价值结构体"的分析与研究。艺术是人类文化创造生活之一部分，是与学术、道德、工艺、政治同为实现一种"人生价值"和"文化价值"。普通人说艺术之价值在"美"，就同学术、道德之价值在"真"与"善"一样。然而自然界现象也表现美，人格个性也表现美。艺术固然美，却不止于美。且有时正在所谓"丑"中表现深厚的意趣，在哀感沉痛中表现缠绵的顽艳。艺术不只是具有美的价值，且富有对人生的意义、深入心灵的影响。艺术至少是三种主要"价值"的结合体：

（一）形式的价值。就主观的感受言，即"美的价值"。

（二）抽象的价值。就客观言，为"真的价值"，就主观感受言，为"生命的价值"（生命意趣之丰富与扩大）。

（三）启示的价值。启示宇宙人生之最深的意义与境界，就主观感受言，为"心灵的价值"，心灵深度的感动，有异于生命的刺激。

"形""景""情"是艺术的三层结构，现在略略谈述如下：

形式的价值，关于艺术中所谓"形式"之意义与价值，我最近在另一篇文字里（《论中西画法之渊源与基础》，载中央大学《文艺丛刊》第二期）曾有以下的说明，兹引述于此，不再费词：

"美术中所谓形式，如数量的比例、形线的排列（建筑）、色彩的和谐（绘画）、音律的节奏，都是抽象的点线面体或音色的交织结构，以网罩万物形象及心情诸感，有如细纱面幂，垂佳人之面，使人在摇曳荡漾，似真似幻中窥探真理，引人发无穷的意趣，绵缈的思想。"

但形式的作用尚不止此，可以别为三项：

（一）美的形式的组织使一片自然或人生的景象，自成一独立的有机体，自构一世界，从吾人实际生活之种种实用关系中超脱自在："间隔化"是"形式"的重要的消极的功用。

美的对象之第一步，需要间隔。图画的框，雕像的石座，堂宇的栏杆台阶，剧台的帘幕（新式的配光法及观众坐黑暗中），从窗眼窥青山一角，登高俯瞰黑夜幂罩的灯火街市。这些幻美的境界都是由各种间隔作用造成。

（二）美的形式之积极的作用是组织、集合、配置。一言蔽之，是构图。使片景孤境自织成一内在自足的境界，无求于外而自成一意义丰满的小宇宙。要能不待框框已能遗世独立，一顾倾城。

希腊大建筑家，以极简单朴质的形体线条，构造雅典庙堂，使人千载之下瞻赏之，尤有无穷高远圣美的意境，令人不能忘怀。

（三）形式之最后与深深的作用，就是它不只是化实相为空灵，引人精神飞越，超入幻美。而尤在它能进一步引人"由幻即真"深入生命节奏的核心。世界上唯有最抽象的艺术形式——如建筑、音乐、舞蹈姿态、中国书法、中国戏面谱、钟鼎彝器的形态与花纹——乃最能象征人类不可言不可状之心灵姿势与生命的律动。

每一个伟大的时代，伟大的文化，都欲在实用生活之余裕，或在宗教典礼、庙堂祭祀时，以庄严的建筑、崇高的音乐、闳丽的舞蹈，表达这生命的高潮、一代精神的最深节奏。建筑形体的抽象结构，音乐的节律和谐，舞蹈的线纹姿势，最能表现吾人深心的情调与律动。吾人借此返于"失去了的和谐，埋没了的节奏，重新获得生命的核心，乃得真自由，真解脱，真生命"。

"形式"为美术之所以成为美术的基本条件，独立于科学、哲学、道德、宗教等文化事业外，自成一文化的结构，生命的表现。它不只是实现了"美"的价值，且深深地表达了生命的情调与意味。

然人生仪态万方，宇宙也奇丽诡秘，生命的境界无穷尽，形象的姿式也无穷尽，于是描摹物象以达造化之情，也是艺术的主要事业。

兹一谈艺术中抽象的价值：文学、绘画、雕刻，都是描写人物情态形象以寄托遥深的意境。希腊的雕刻保存着希腊人生姿态，莎士比亚的剧本表现着文艺复兴时的人心悲剧。艺术的描摹不是机械的摄影，乃系以象征方式提示人生情景的普遍性。"一朵花中窥见天国，一粒沙中表象世界"，艺术家描写人生万物都是这种象征式的。我们在艺术的描象中可以体验着"人生的意义"。"人心的定律"，"自然物象最后最深的结构"，就同科学家发现物理的构造与力的定理一样。艺术的里面不只是美，且包含着"真"。

这种"真"的呈露，使我们鉴赏者周历多层的人生境界，扩大心襟，以至于与人类的心灵为一体，没有一丝的人生意味不反射自己心里。在此已经触到艺术的启示价值。清代大画家恽南田曾对于一幅画景有如是的描写：

谛视斯境，一草，一树，一丘，一壑，皆灵想所独辟，总非人间所有。其意象在六合之表，荣落在四时之外。

这几句话，真说尽艺术所启示的最深境界。艺术的境相本是幻的，所谓"灵想所独辟，总非人间所有"，但它同时却启示了高一级的真实，所谓"意象在六合之表"。古人说："超以象外，得其环中。"借幻境以表现最深的真境，由幻以入真，这种"真"不是普遍的语言文字，也不是科学公式所能表达的真，这只是艺术的"象征力"所能启示的真实。

真实是超时间的，所以"荣落在四时之外"。艺术同哲学、科学、宗教一样，也启示着宇宙人生最深的真实，但却是借助于幻想的象征力以诉之于人类的直观的心灵与情绪意境。而"美"是它的附带的"赠品"。

原载《创作与批评》1934年第1卷第2期

美学与艺术略谈

近来我国新思潮中有种很可喜的现象,就是对于艺术的兴趣渐渐浓了。研究美学的人也有了。绍虞君介绍了《近世美学》,美学的书也到了中国了。不过我觉得一般普通人对于美学艺术两个概念还有没有完全明白的,所以略微谈谈,借此引起多数人的了解与兴趣。

我曾遇着几位初听见美学这个名词的人,很不了解美学和艺术的分别,就问着我,我简单地答道:"美学是研究'美'的学问,艺术是创造'美'的技能。当然是两件事,不过艺术也正是美学所研究的对象,美学同艺术的关系,譬如生物同生物学罢了。"这个答语实在过于笼统,我现在把美学和艺术的内容分开来说说。

一、美学的定义和内容

"美学"的英文 Aesthetics，德文 Ästhetik，源出于希腊的 Oncotrnos，是关于感觉性的学问的意思。但是现代学者却差不多共定它是个"研究那由'美'或'非美'发生的感觉情绪的学科"。这个定义还嫌不概括，因为美学研究的内容还不止此。我记得德国 Meumann 的经验美学中说，美学所研究的事物可分以下几门：

1. 美感的客观的条件：从实验上研究那引起我们发生美感的客观物件的性质与法则。

2. 美感的主观的条件：从实验心理学上研究那引起美感的主观心界的联想作用（Association），空想作用，同感作用，静观作用（Contemrlation）等等。

3. 自然美与艺术创作美的研究：从这里研究真美的性质和法则。

4. 人类史中艺术品创造的起源和进化：从这里研究人类艺术创造的性质和法则。

5. 艺术天才的特性及其创造艺术的过程：研究古来

大艺术家的生平,从他生活史或自传中考察他创造艺术时的心理作用及技艺的运用手段。

6. 美育的问题:研究怎样使美术的感觉普遍到平民的社会生活和个人生活间。

这以上诸问题,都是美学所研究的对象。美学的内容已可窥见一斑了。总括言之,美学的主要内容就是:以研究我们人类美感的客观条件和主观分子为起点,以探索"自然"和"艺术品"的真美为中心,以建立美的原理为目的,以设定创造艺术的法则为应用。现代的经验美学就是走的这个道路。但是以前的美学却不然。以前的美学大都是附属于一个哲学家的哲学系统内,他里面"美"的概念是个形而上学的概念,是从那个哲学家的宇宙观里面分析演绎出来的。绍虞君的"近世美学"中已说及了,我可以不必再说。

二、艺术的定义和内容

艺术就是"人类的一种创造的技能,创造出一种具体的客观的感觉中的对象,这个对象能引起我们精神界的快乐,并且有悠久的价值"。这是就客观方面言。若就主观方面——艺术家的方面——说，艺术就是艺术家的理想情感的具体化，客观化，所谓自己表现（Selfexpression）。所以艺术的目的并不是在实用，乃是在纯洁的精神的快乐，艺术的起源并不是理性知识的构造，乃是一个民族精神或一个天才的自然冲动的创作。他处处表现民族性或个性。艺术创造的能力乃是根于天成，虽能受理性学识的指导与扩充，但不是专由学术所能造成或完满的。艺术的源泉是一种极强烈深浓的，不可遏止的情绪，挟着超越寻常的想象能力。这种由人性最深处发生的情感，刺激着那想象能力到不可思议的强度，引导着他直觉到普通理性所不能概括的境界，在这一刹那顷间产生的许多复杂的感想情绪的联络组织，便成了一个艺术创作的基础。

艺术的性质，古来说者不一，亚理斯多德说"艺术是模仿自然"，这话现在已不能完全成立。因艺术虽是需用自然的材料，借以表现，或且取自然的现象做象征，取自然的形体做描写的对象，但他决不是一味的模仿自然，他自体是一种自由的创造。他从那艺术家的理想情感里发展进化到一个完满的艺术品，也就同一个生物细胞发展进化到一个完全的生物一样。所以我向来的观察，以为艺术并不是模仿自然，因他自己就是一段自然的实现。艺术家创造一个艺术品的过程,就是一段自然创造的过程,并且是一种最高级的,最完满的,自然创造的过程。因为艺术是选择自然间最适宜的材料,加以理想化,精神化,使他成了人类最高精神的自然的表现。其实各种艺术与自然的关系也很不同。譬如建筑艺术在他建作一方面就纯粹不是取象于自然,乃是随顺着几何学比例(Geometrical progression)的法则。音乐也不是取象于自然。抒情诗更不是模仿自然,他纯粹是抒写主观的情绪。

各种艺术中所需用的自然的材料的量也很不齐。譬如,音乐所凭借的物质材料就远不及建筑。诗歌的词句与音节更是完全精神化了。(言语不是思想的内容,乃是思想的符号。)总之,愈进化愈高级的艺术,所凭借的物质材料愈减少,到了诗歌造其极,所以诗歌是艺术中之女王。艺术是自然中最高级创造,最精神化的创造。就实际讲来,艺术本就是人类——艺术家——精神生命的向外的发展,贯注到自然的物质中,使他精神化,理想化。

以上我把我所知道的,所理想的艺术的内容粗略说了。现在再将艺术的门类说一下,做我这篇短论的结束。我们可以按照各种艺术所凭借以表现的感觉,分别艺术的门类如下:

1. 目所见的空间中表现的造形艺术：建筑、雕刻、图画。

2. 耳所闻的时间中表现的音调艺术：音乐、诗歌。

3. 同时在空间时间中表现的拟态艺术：跳舞、戏剧。

原刊 1920 年 3 月 10 日《时事新报·学灯》

戏曲在文艺上的地位

今天,本栏登了一篇宋春舫先生讨论《改良中国戏曲》的演说词,很有价值。

中国旧式戏曲有改良的必要,已无庸细述。不过,我的私意,以为中国戏曲改良的一件事,实属非常困难。一因旧式戏曲中人积习深厚,积势洪大,不容易接受改良运动。二因中国旧式戏曲中,有许多坚强的特性,不能够根本推翻,也不必根本推翻。所以,我的意思,以为一方面,固然要去积极设法改革旧式戏曲中种种不合理的地方,一方面还是去创造纯粹的独立的有高等艺术价值的新戏曲。那么,我们第一步事业,就是制造新剧本。这种剧本的制作,有两种:一是翻译欧美名剧,一是自由创造。两种都不是容易的事,而我看我国研究文学的人,研究戏曲的,似乎比较那研究抒情文学的要少一点,所以,我今天想随便把戏曲文学的价值说两句，想借此引起我国青年研究戏曲文学的兴趣。

欧洲文学家分别文艺的内容为主要的三大门类：（一）抒情文学（Lyrik），（二）叙事文学（Epik），（三）戏曲文学（Drama）。抒情文学的目的，是注重表写人的内心的情绪思想的活动，他虽不能不附带着描写些外境事实，但总是以主观情绪为主，客观境界为宾，可以算是纯粹主观的文学。叙事文学的目的是处于客观的地位，描写一件外境事实的变迁，不甚参加主观情绪的色彩，他可算是纯粹客观的文学。这两种文学的起源及进化，当以叙事文学在先，抒情文学在后，而这两种文学结合的产物，乃成戏曲文学。

抒情文学的对象是"情"，叙事文学的对象是"事"，戏曲文学的目的，却是那由外境事实和内心情绪交互影响产生的结果——人的"行为"。所以，戏曲的制作，要同时一方面表写出人的行为，由细微的情绪上的动机，积渐造成为坚决的意志，表现成外界实际的举动，一方面表写那造成这种种情绪变动的因，即外境事实和自己举动的反响。所以，戏曲的目的，不是单独地描写情绪，如抒情文学；也不是单独地描写事实，如叙事文学；他的目的是："表写那些能发生行为的情绪和那能激成行为的事实。"

戏曲的中心,就是"行为"的艺术的表现。

这样看来,戏曲的艺术是融合抒情文学和叙事文学而加之新组织的,它是文艺中最高的制作,也是最难的制作。它的产生,在各种文艺发达以后,中国到现在,还不见有完全的艺术的戏曲制作,也无足怪了。

本来文艺的发展也是依着人类精神生活发展的次序的。最初的人类精神大部分是向着外界,注意外界事实的变迁,所以叙事乃得发展。后来精神生活进化,反射作用发达,注意到内心情绪思想的活动,于是乃有抒情文学。最后表写到人心与环境种种关系产生的结果——人类的行为,才有戏曲文学产生。戏曲文学在文艺上实处最高地位,中国戏曲文学不甚发达乃是中国文艺发展不及欧洲的征象,望吾国青年文学家注意。

原载1920年3月30日《时事新报·学灯》

清谈与析理

拙稿《论〈世说新语〉与晋人的美》第 5 期中关于晋人的清谈，未及详论，现拟以此段补足之。

被后世诟病的魏晋人的清谈，本是产生于探求玄理的动机。王导称之为"共谈析理"。嵇康《琴赋》里说："非至精者不能与之析理。""析理"须有逻辑的头脑，理智的良心和探求真理的热忱。青年夭折的大思想家王弼就是这样一个人物。① 何晏注老子始成，诣王辅嗣（弼），见

---

① 何晏"以为圣人无喜怒哀乐，其论甚精，钟会等述之"。弼与不同，"以为圣人茂于人者神明也。同于人者五情也。神明茂，故能体冲和以通'无'；五情同，故不能无哀乐以应物。然则圣人之情，应物而无累于物者也。今以其无累便谓不复应物，失之多矣"（《三国志·钟会传》裴松之注）。按：王弼此言极精，他是老、庄学派中富有积极精神的人。一个积极的文化价值与人生价值的境界可以由此建立。——原注

王注精奇，乃神伏曰："若斯人，可与论天人际矣。""论天人之际"，当是魏晋人"共谈析理"的最后目标。《世说》又载：

殷浩、谢安诸人共集，谢因问殷："眼往万属形，万形来入眼否？"

是则由"论天人之际"的形而上学的探讨注意到知识论了。

当时一般哲学空气极为浓厚，热衷功名的钟会也急急地要把他的哲学著作求嵇康的鉴赏，情形可笑：

钟会撰《四本论》始毕，甚欲使嵇公一见。置怀中，既定，畏其难，怀不敢出。于户外遥掷，便回急走。

但是古代哲理探讨的进步，多由于座谈辩难。柏拉图的全部哲学思想用座谈对话的体裁写出来。苏格拉底把哲学带到街头，他的街头论道是西洋哲学史中最有生气的一页。印度古代哲学的辩争尤非常激烈。孔子的真正人格和思想也只表现在《论语》里。魏晋的思想家在清谈辩难中显出他们活泼飞跃的析理的兴趣和思辨的精神。《世说》载：

何晏为吏部尚书，有威望。时谈客盈座。王弼未弱冠，往见之。晏闻弼名，因条向者胜理，语弼曰："此理仆以为极，可得复难不？"弼便作难，一座人便以为屈。于是弼自为客主数番，皆一座所不及。

当时人辩论名理，不仅是"理致甚微"，兼"辞条丰蔚，甚足以动心骇听"。可惜当时没有一位文学天才把重要的清谈辩难详细记录下来，否则中国哲学史里将会有可以媲美《柏拉图对话集》的作品。

我们读《世说》下面这段记载，可以想象当时谈理时的风度和内容的精彩。

支道林、许（询）、谢（安）盛德，共集王（濛）家。谢顾谓诸人："今日可谓彦会。既时不可留，此集固亦难常，当共言咏，以写其怀！"许便问主人"有庄子不？"正得《渔父》一篇。谢看题，便各使四座通。支道林先通作七百许语。叙致精丽，才藻奇拔，众咸称善。于是四座各言怀毕。谢问曰："卿等尽不？"皆曰："今日之言，少不自竭。"谢复粗难，因自叙其意，作万余语，才峰秀逸，既自难干，加意气拟托，萧然自得，四座莫不厌心。支谓谢曰："君一往奔诣，故复自佳耳！"

-279

谢安在清谈上也表现出他领袖人群的气度。晋人的艺术气质使"共谈析理"也成了一种艺术创作。

支道林、许询诸人共在会稽王(简文)斋头。支为法师,许为都讲。支通一义,四座莫不厌心,许送一难,众人莫不抃舞。但共嗟咏二家之美,不辩其理之所在。

但支道林并不忘这种辩论应该是"求理中之谈"。《世说》载:

许询年少时,人以比王苟子。许大不平。时诸人士及于法师,并在会稽西寺讲,王亦在焉。许意甚忿,便往西寺与王论理,共决优劣。苦相折挫,王遂大屈,许复执王理,更相复疏,王复屈。许谓支法师曰:"弟子向语何如?"支从容曰:"君语佳则佳矣,何至相苦邪?岂是求理中之谈哉?"

可见"共谈析理"才是清谈真正目的,我们最后再欣赏这求真爱美的时代里一个"共谈析理"的艺术杰作:

客问乐令"旨不至"者,乐亦不复剖析文句,直以麈尾柄确几曰:"至不?"客曰:"至。"乐因又举麈尾曰:"若至者,那得去?"于是客乃悟,服乐辞约而旨达,皆此类。

大化流衍,一息不停,方以为"至",倏焉已"去",云"至"云"去",都是名言所执。故飞鸟之影,莫见其移,而逝者如斯,不舍昼夜。孔子川上之叹,桓温摇落之悲,卫玠的"对此茫茫不觉百端交集",王孝伯叹赏于古诗"所遇无故物,焉得不速老"。晋人这种宇宙意识和生命情调,已由乐广把它概括在辞约而旨达的"析理"中了。

原刊《时事新报·学灯》1942年第192期